Encontro com TEA

Experiência de um pai com filho autista

Catalogação na Fonte
Elaborado por: Josefina A. S. Guedes
Bibliotecária CRB 9/870

R484e
2022

Ribeiro, Célio dos Santos
Encontro com TEA : experiência de um pai com filho autista / Célio dos Santos Ribeiro. - 1. ed. - Curitiba : Appris, 2022.
104 p. ; 21 cm.

Inclui referências.
ISBN 978-65-250-3452-2

1. Memória autobiográfica. 2. Autismo. I. Título. II. Série.

CDD – 808.06692

Livro de acordo com a normalização técnica da ABNT

Appris editora

Editora e Livraria Appris Ltda.
Av. Manoel Ribas, 2265 – Mercês
Curitiba/PR – CEP: 80810-002
Tel. (41) 3156 - 4731
www.editoraappris.com.br

Printed in Brazil
Impresso no Brasil

CÉLIO DOS SANTOS RIBEIRO

Encontro com TEA

Experiência de um pai com filho autista

FICHA TÉCNICA

Ao Lorenzo, à Letícia e à Luíza, com carinho e amor paternal.

À Cristiane Tamara, minha esposa, com carinho e amor esponsal.

PREFÁCIO

Chão da escola, chão da casa, chão de Lorenzo. Chão de um pé de feijão. É esse o lócus do autor para falar de sua convivência, não porque Lorenzo só gosta de ficar descalço, mas porque, para o menino que corre e não se atrapalha em movimentos, não há diferença entre os pés e o chão que pisa. Para ele, a base não está separada do que por ela é sustentado. Ambos fazem parte de uma mesma constituição, a pessoa humana.

E que experiências, ricas em *por-enormes*, brotam da vida do autor com a criança que capta ares, lugares e pessoas como as aranhas por seus pelos diminutos. Para Lorenzo, seu corpo todo, de dentro para fora, em sensações e emoções, sente o entorno e, por isso, não resiste ao que o entorta, protesta!

Se a vara verga por conta das intempéries da natureza, as vidas de Célio e sua esposa Cristiane, como também de Luíza e Letícia – irmãs do Lorenzo –, ganham movimentos ligeiros e permanentes. Mas nada que quebre a fragilidade das descobertas em belezas e finitudes, grandezas e surpresas. E, quantas são! Quem sabe seja este o caminho para quem convive com aqueles(as) que estão dentro do espectro autista, a descoberta de novos modos de sentir e reagir frente a quem, saudável que é, porta-se com outros critérios e padrões de compreensão e de relações.

Não é de pouco tempo que dizemos ser difícil conviver com diferenças, mais ainda, quando negam o que já temos como sólida vida construída. Mas, frente ao espectro autista, um genuíno leque de diferenças se abre para ser compreendido a partir de quem nele está.

E, assim, o autor experimenta realidades distintas e que, dela participando, não poderia dizer se conseguiria mudá-la, ou se seria sensato conformar-se, admiti-la, somente, e vivê-la.

A sábia natureza, no entanto, tinha outros planos, não retos e nem curtos, para ensinar que aprender na convivência é muito mais do que refletir e ler. E sem descartar esses recursos, envolvendo-os na experiência do cotidiano, o autor debruça-se em compreender o Mundo da Vida, porque seu próprio corpo, unindo-se à consciência e sentindo os limites pelo sono e pelo tempo, abre-se para compreender a situação posta. E a pergunta, desfiando seu incerto cotidiano, brota: afinal, o que fazer?

A permanente busca por ambientes, objetos, pessoas e estímulos, criando caminhos em respostas de urgência, tudo para antes de ontem – *ou três antontem*, como dizemos no interior de São Paulo –, e que fosse uma possibilidade aplicável. Talvez as especialidades da saúde consigam iluminar e até corrigir limites carregados da natureza para aquele corpo que cresce. Talvez, ainda, o trato pela educação ofereça condições propícias de aprendizagem numa sociedade repleta de novidades e mudanças, rápidas demais para quem dirige-se por padrões não delimitados.

Tudo foi devidamente considerado, mas não suficientemente realizado, até que as pontas das múltiplas extremidades e nós se encontram e os resultados rebrotam. Sim, é possível aprender, porque há reações! Sim, é possível interagir, porque há entendimentos! Sim, é possível conviver, porque desejos já estão postos na frágil criança, em seu caminho de desafios, vencido o maior deles, a vida! Não que a vida seja vencida, ao contrário, ela vence porque é preciso conhecer a dimensão da natureza em suas águas, folhas e flores, areia da praia e grãos de arroz. Também é necessário vencer a ameaça constante à vida pela magia das cores, pelas quantidades de seus números e por aquilo que nos caracteriza como errantes, tal qual o planeta e a galáxia, o movimento!

E a bandeira da valorosa diferença se levanta, erguida por braços pequenos e dedos tortos, como se do pai fossem, em herança, para a vida demonstrar que o maior dos tesouros não está no diamante, mas nos ossos feitos para a liberdade da vida naquele pequeno corpo.

Devo concluir, longe de encerrar, este *pré-face* apresentado como contribuição ao riquíssimo escrito de Célio dos Santos Ribeiro, por quem, de longa data, alimento amizade e respeito. Estou certo de que sua vivência, aqui, parcialmente traduzida em letras, trará compreensões que iluminarão e alimentarão práticas junto daqueles que trabalham dentro do TEA.

Élcio Mário Pinto

Escritor graduado em Filosofia, Pedagogia, Teologia, Letras e História.

Supervisor de ensino na rede municipal de Votorantim-SP.

E-mail: elcioescritor@gmail.com

APRESENTAÇÃO

Sou apenas um professor de Filosofia e, quando escrevi este texto, já tinha 50 anos. Reconheço que fui perdedor em muitos desafios que a vida me propôs, mas sou feliz por não ocupar o lugar daqueles que me venceram, porque sei que estão rindo da própria torpeza.

Tem sido comum na rua, na escola e na vizinhança o encontro com "autistas" e a propagação de notícias: "Autista monta quebra-cabeças de mil peças"; "Autista foi aprovado em primeiro lugar em medicina"; "Autista vence Olimpíadas de Matemática", como algo que reforce que todos os autistas são iguais. Nem todos são gênios, como nem todos os demais humanos são geniais.

Cada ser humano é único. A partir da gestação continua a beleza da evolução. Somos seres complexos, não estamos prontos nunca. Passamos pela história evoluindo. Cada um é uma metamorfose. A cada dia que passa, podemos ser melhores ou piores. Tudo depende do tempo e contexto em que sobrevivemos.

Sendo estimulado para a matemática, o humano será matemático; sendo estimulado para a medicina, será médico; sendo estimulado para a filosofia, será filósofo; não sendo estimulado para nada, será mais um na história. Se o corpo é educado fisicamente, será mais saudável; se encher o corpo de venenos, patologias virão.

O ser humano é o resultado de seu meio e não nasce pronto. Porém, alguns necessitam de mais estímulos em determinadas áreas do corpo, da mente ou do espírito. Caso contrário, param no tempo, caem na frustração e patologias aparecem.

Neste livro, confronto Piaget com o Mundo da Vida e, a partir de experiências enquanto pai do Lorenzo, um menino com um dos tipos de autismo, e professor em diversos colégios e universidades, relato sobre desafios, pesquisas e a arte de ensinar e aprender com os diferentes.

Ainda, a partir do Código Internacional de Doenças (**CID-11**) da Organização Mundial da Saúde (OMS) e do Manual de Diagnóstico e Estatística de Transtornos Mentais (*Diagnostic and Statistical Manual of Mental Disorders*), conhecido como **DSM-V**, *da American Psychiatric Association (Associação Psiquiátrica Americana), apresento os diferentes tipos de autismos e defende a necessidade de estímulos para ocorrer a evolução da pessoa humana com TEA ou não TEA.*

A seguir, relato e comento a respeito dos dispositivos legais existentes na legislação brasileira pró-TEA, confirmando o abismo existente entre ideal e realidade, questionando o modelo de inclusão existente no Brasil. A lei é importante, mas em sociedades sem preparo ético as regras perdem eficácia, o direito é ignorado e instala-se a barbárie.

SUMÁRIO

Introdução

Quando percebi, já era professor. Atualmente, somo a experiência de 30 anos em salas de aulas, migrando do ensino superior para o médio e o ensino fundamental I e II. Foram muitos os alunos que encontrei e com os quais dialoguei, debati ideias, ensinei e aprendi.

Conheci – e não foram poucos! – alunos que foram colocados na escola apenas porque – e com razão! – a lei impõe a obrigatoriedade. São alunos que, com ou sem escola, seriam pessoas de sucesso. Outros, seriam pessoas éticas. Outros ainda, seriam pessoas de sucesso e éticas. São aqueles que Piaget analisou e seguem o ritmo ou roteiro da vida, progredindo da anomia, passando pela heteronomia e atingindo a autonomia. Mas no Mundo da Vida nem tudo transcorre como num roteiro de um filme. Ninguém é igual.

Partindo da Teoria Cognitiva de Piaget e dialogando com Habermas, relato experiências de um pai, prestes a se aposentar, onde é desafiado a repensar a vida e iniciar um processo de entendimento e descobertas sobre o mundo de seu filho portador do Transtorno do Espectro Autista (TEA).

E mais, enquanto professor, menciono outras experiências com alunos sem laudos, porém, diferentes.

Autismo é um olhar para si ou voltar-se para si. É um jeito próprio de ser, mas seria melhor fazer uso da palavra sempre no plural. Não há uma afirmação exata de quantos níveis, graus ou tipos de autismos existem.

Apresento a definição, a partir do DSM-V e do CID-11, os três níveis de TEA, a legislação vigente pró-TEA e, posteriormente, relato a experiência de ser professor de alunos autistas e de ser pai do Lorenzo, um ser humano portador do Transtorno do Espectro Autista.

Ainda, apresento narrativas pessoais nas quais me deparei com os desafios do processo de ensinar e aprender com autistas, defendendo a necessidade mais da ética do que da lei no processo de inclusão de todos, autistas ou não.

E mais, uma coisa é a teoria: estudar, pesquisar, falar e escrever sobre autismo ou conviver com autista filho de estranhos, mas outra coisa é ser pai e mãe de uma pessoa humana autista. Daí a importância das experiências e/ou do mistério envolvente entre facticidade e validade.

1. *Piaget sempre oportuno*

Segundo Piaget (1973), em sua Teoria Cognitiva, a partir do nascimento, a pessoa humana começa um processo de desenvolvimento intelectual, afetivo e moral, dividido em quatro estágios:

a. estágio sensório-motor: ocorre do nascimento até os dois anos de idade. É o período pré-linguagem, quando a criança manifesta esquemas mentais simples, definidos pela associação entre percepção sensorial e ações motoras, tais como sugar o leite materno, abrir e fechar as mãos, puxar e jogar pequenos objetos, locomover-se etc. No plano moral, a criança vive na fase da anomia, isto é, a ausência de regras.

b. estágio pré-operacional: ocorre entre dois e sete anos de idade. A criança começa a fazer uso da linguagem, mas permanece centrada em si mesma. Por isso, não consegue manter diálogos efetivos com o outro. Preserva formas de monólogo interior ou coletivo, isto é, fala consigo ou com outras pessoas sem interagir. Nesta fase, um cabo de vassoura pode se transformar em um cavalo, uma boneca passa a ser o bebê ideal. A criança recusa ter a satisfação de seus desejos adiada. Geralmente, não gosta de partilhar alimentos ou brinquedos. No plano moral, a criança começa a entrar na fase da heteronomia, isto é, a perceber que o mundo real tem regras que vem dos adultos. A consequência é a aceitação de algumas normas sem absorvê-las.

c. estágio das operações concretas: ocorre entre sete e 12 anos de idade. A criança passa do monólogo ao diálogo, passando a trocar ideias com o diferente. A criança adquire a sociabilidade e demonstra a capacidade de entender regras. O desejo de vencer se traduz em competitividade, apesar da dificuldade de enfrentar frustrações, o que pode ocasionar a agressividade. No plano moral, vai se consolidando a heteronomia.

d. estágio das operações formais: ocorre a partir dos 12 anos de idade. A criança adquire a capacidade para dispensar objetos concretos, passando ao pensamento formal abstrato. Isso permite formular hipóteses, pressupor causas e efeitos. Para raciocinar não há necessidade de contar nos dedos ou fazer uso de objetos. É o despertar para a reflexão e interação com a ciência, a filosofia e a arte. É a fase dos questionamentos e a possibilidade de transformações no modo de ser e viver. É o desenvolvimento do raciocínio hipotético-dedutivo, o que possibilita ao ser humano pensar além de tudo o que está perante os sentidos. É nessa fase que o ser humano se identifica enquanto ser capaz de fazer e refazer suas próprias opções. No plano moral, além de assimilar a compreensão de regras externas, a consciência passa a elaborar um modo próprio de ser e viver. É a tão esperada fase da autonomia e de fazer escolhas, podendo as regras serem objetos de críticas e serem, inclusive, substituídas.

2

Regras, teorias e o "mundo da vida"

Regras e teorias devem ser confrontadas com o Mundo da Vida. Uma coisa é falar e estudar sobre autismo, outra coisa é viver e conviver com o autismo. No Mundo da Vida, há uma escola prática e/ou ambiente fático que exige competências e habilidades.

Esta expressão "Mundo da Vida" foi apresentada, primeiramente, por Husserl (1969), mas Habermas (1982) constatou que o fundador da fenomenologia procurava apresentar um novo direcionamento à teoria transcendental de Kant (1724-1804). Husserl tinha colocado como base das questões relativas ao conhecimento de mundo e sociedade em geral uma esfera de sentido. Tal esfera é caracterizada Mundo da Vida, o que vem antes de qualquer tipo de conhecimento objetivo. Ela pode ser definida como um mundo, ou melhor, como um fundo olvidado capaz de proporcionar sentido às ciências. Segundo Habermas (1982), o Mundo da Vida configura uma espécie de saber holístico, o qual envolve uma totalidade de convicções e certezas que não podem ser demonstradas objetivamente. Por essa razão, é acessível apenas aqui e agora. Em sentido pragmático e linguístico, "Mundo da Vida" é um estoque de sentidos (de crenças, critérios, valores, definições etc.) compartilhados entre falantes que serve de pano de fundo para sua comunicação. Em sentido sociológico, a expressão se refere ao domínio social contrastante com os sistemas funcionalizados, marcados por processos comunicativos, cujo meio é a linguagem e cujo recurso é a solidariedade (HABERMAS, 2012, p. 220).

Para Habermas (2012), o paradigma da consciência hegeliana, aquele que é calcado na ideia de um pensador solitário, que busca entender o mundo à sua volta, descobrindo as leis gerais que o governam e revelando a unidade encoberta sob a diversidade aparente, deve ser substituído pelo paradigma da comunicação. A razão analítica kantiana deve dar lugar à razão instrumental. No modelo de paradigma da consciência, , há uma relação de subordinação do objeto frente ao sujeito (HABERMAS, 2012, p. 286). Por sua vez, o que caracteriza a racionalidade de uma expressão linguística é o fato de suas pretensões de validade serem suscetíveis à crítica, através de procedimentos reconhecidos intersubjetivamente.

Sobre a ideia de razão comunicativa, Habermas faz uma diferenciação entre os mundos objetivo, social e subjetivo. Essa distinção é o que demonstra a discrepância do pensamento moderno do pensamento mítico. Ao contrário do último, o pensamento moderno assume que as interpretações variam com relação à realidade social e natural, e que as crenças e valores variam no que diz respeito ao mundo objetivo e social. Assim, pressupõe-se um afastamento da relação sujeito-objeto por um procedimento sujeito-outro sujeito e que é possível desconcentração da visão individualista do mundo.

Ainda, a ação comunicativa surge como uma interação de, no mínimo, dois sujeitos capazes de falar e agir, isto é, "na ação comunicativa, os participantes não estão orientados primeiramente para o próprio sucesso, eles buscam, seus objetivos individuais respeitando a condição de que podem harmonizar os seus planos de ação sobre as bases de uma definição comum de situação" (HABERMAS, 2012, p. 285). Assim, os atores estão sempre se movendo dentro do horizonte do seu Mundo da Vida, isto é, na cultura (estoque de conhecimentos no qual os atores suprem-se de interpretações quando buscam a compreensão sobre algo no mundo), na sociedade (ordens legítimas por meio das quais os participantes regulam suas relações no grupo social) e na pessoa (competências que tornam um sujeito capaz de falar e agir).

Esses atores, como intérpretes, eles próprios pertencem ao Mundo da Vida, por meio de seus atos de fala, mas não podem se referir a algo no mundo da vida da mesma forma que podem fazer com fatos, normas e experiências subjetivas. Há uma relação entre ação comunicativa e o mundo da vida. A primeira reproduz as estruturas simbólicas do segundo (cultura, sociedade e pessoa). Assim, a ação comunicativa serve para transmitir e renovar o saber cultural, propiciar a interação social e a formação da personalidade individual.

Desse modo, pode-se afirmar que nem todos seguem o padrão definido por Piaget. Cada humano é único e o outro é autenticamente outro. A gestação é um processo que começa no ventre e termina no túmulo, ou em cinzas, ou no laboratório de anatomia. O humano passa na história por diversos "úteros" e/ou ciclos de vida, confirmando sua real identidade: um quebra-cabeças a ser montado, um ser que cultiva seu próprio jardim, no qual expressa suas opções e vontades. Daí a importância da ética perante o outro, o que não impossibilita a interação e a comunicação.

3

Experiências em cinco úteros

O ser humano é um ser em evolução. Passa por cinco úteros históricos. O primeiro útero é o maternal, o qual liga mãe e filho para sempre. A criança pode até não conhecer o pai, mas sempre terá uma mãe. É no primeiro útero que se cria o vínculo entre mãe e filho, numa relação totalmente ágape, um amor incondicional.

O segundo útero é a casa da família, em que o caráter é moldado nas relações, a cultura propicia uma identidade. A casa é o porto seguro ou o ninho para o qual sempre voltamos. Não há necessidade de iludir o real, todos se conhecem de fato. Em casa, a mentira é desnecessária. Quando a mentira passa a fazer parte do ambiente familiar, o ninho está sendo desfeito. É em casa que conhecemos princípios religiosos e/ou mitos.

O terceiro útero é a escola, um mundo de relações interculturais, afetivas, sendo também um ambiente de produção do conhecimento científico. É na escola formal que o ser humano experimenta com o grupo de iguais a fase da heteronomia de Piaget.

O quarto útero é a vida em sociedade, na qual descobre-se que a vida não é um conto de fadas. Descobre-se a política, a economia, o preconceito, o racismo, a briga por poder. É um grande útero que gesta o humano para a autonomia. É na sociedade que conhecemos as instituições, cujo objetivo é o poder ser. E, para poder ser, agiliza-se o tempo todo meios para vender algum produto para arrecadar dinheiro para continuar tendo poder.

E, no quinto útero, conhece-se o túmulo, ou as cinzas, ou ainda um laboratório de anatomia. Entre os três, o laboratório seria mais ético, evitaríamos o acréscimo de poluentes nos lençóis freáticos e daríamos uma grande contribuição à pesquisa. Logo, ninguém nasce pronto e, enquanto estamos na história, estamos sendo gestados para algo. Por isso a importância de sempre incluir o diferente, tarefa nada fácil para o poder público e a sociedade, mas principalmente para a escola.

O mundo não é tão fácil e a vida não é tão bela. O processo de desenvolvimento, segundo Piaget, pode funcionar para alguns, mas nem tanto aos "perfeitos" e, menos ainda, aos que passarão em vida por um processo de gestação diferenciado nos diversos úteros mencionados.

Neves (2008), ao comentar a Teoria do Agir Comunicativo de Habermas, ressalta o humano enquanto ser em evolução e, assim como a sociedade, também deve evoluir, mas nem sempre. O humano pode perder a ingenuidade da infância (pré-convencional), tornar-se um ser sem regras, o qual vive nos padrões da anomia, definida por Piaget. Da classe dos pré-convencionais, saem os seres adultos obstáculos para a vida em sociedade. É o ser que liga o som do seu carro nas madrugadas e, quase sempre movido por álcool ou outras drogas, extrapola o volume, não porque gosta da música, mas exibe seu som sem a percepção de que, nas madrugadas, idosos e crianças estão repousando. O pré-convencional pensa apenas em si. E mesmo tendo consciência de regras morais e sociais, transgride-as sem escrúpulos.

Ainda, o humano pode evoluir para a convencionalidade, na qual passa a conviver com o grupo de iguais e/ou apenas com aqueles que comungam das mesmas ideias, ideais e mesma ideologia, o que também não deixa de ser um problema.

Viver na convencionalidade de forma temporária, enquanto adolescente, não existe qualquer problema. É a fase em que o viver em família não é tão prazeroso. A complicação ocorre quando o ser humano não evolui para a pós-convencionalidade, preservando as mesmas ideias e ideais. É um ser eternamente adolescente. A verdade está sempre em seu grupo de iguais. Quem pensa diferente ou é diferente está sempre errado, é sempre desqualificado. É da classe dos convencionais que surgem grupos violentos na defesa de ideologias ou banalidades. É o pseudotorcedor que frequenta estádios de futebol para simplesmente combater quem pensa diferente ou é diferente, contribuindo para o aumento da violência social. É o membro de partido político que não aceita a opinião da maioria, ocasionando o fenômeno da antidemocracia. É o fanático religioso que não consegue ver beleza na experiência religiosa inserida em outra cultura. Nos convencionais estão as principais causas de violência.

O humano pode evoluir para a pós-convencionalidade, tempo em que o humano passa a ser livre, autônomo e responsável. É o ser ético, aberto ao diferente, que procura ser um entre os demais seres humanos no planeta. Tem consciência que a verdade é relativa, habita na Terra e a protege, porque não se sente proprietário dela. Vive e convive em meio às diferenças e opções. É a fase da autonomia, liberdade e responsabilidade.

Novamente, ninguém está pronto! Apenas o tempo poderá dizer sobre a evolução do ser em si. No entanto, a fase da anomia pode ser mais duradoura do que parece para alguns e não para outros, independente se a pessoa humana é TEA ou não-TEA.

É possível que a anomia perdure até o último útero da história do humano. Ainda, poderá, via ocorrência de transtornos, síndromes, acidentes ou enfermidades, ser retomada. Daí a importância dos mais diferentes estímulos necessários para a evolução possível até a finitude ou infinitude.

O ser humano é o único ser que tem consciência de sua finitude no planeta que habita. Ingressamos na história, experimentamos a dura arte de viver e ser. Emprestam-se terra, água, ar, fogo, casa, alimentos, regras, conhecimentos, religiões, artes e muito mais da história e da natureza, e um dia partimos sem saber do próprio destino. Para Sartre, projetamos o infinito, mas sempre cientes de que somos finitos. Daí a importância de viver cada segundo da vida da melhor forma, sem perder tempo com banalidades a exemplo dos preconceitos, que mais desumanizam do que somam na edificação de uma vida melhor.

4

Encontro com os "esquisitos"

Na infância, conheci crianças, como eu, para as quais a escola era a oportunidade de tomar refeições decentes e um bom espaço de lazer. As regras foram impostas já na infância, sem qualquer respeito à fase da anomia. Assim, a sala de aula era um espaço de descanso para alguns, tortura para outros, ou oportunidade para amar, seja na dimensão da *filia*, do *eros* ou da ágape.

Enquanto professor, conheci alunos com síndromes, transtornos e outras limitações e habilidades. Em sala de aula, com "alunos especiais", o ritmo é diferente, e para melhor, porque os demais alunos considerados "perfeitos" não aceitam ficar abaixo do rendimento de um colega de classe "esquisito" e/ou portador de alguma deficiência. Assim, alunos "especiais" tornam-se estímulos aos "perfeitos", moldados no processo de desenvolvimento de Piaget. Conheci alunos "perfeitos", sem qualquer limitação. Eles poderiam sonhar à vontade e/ou projetar o próprio futuro com toda a liberdade possível. Eram pássaros com asas perfeitas. Apesar de galinhas também terem asas e, por mais que sonhem, jamais serão águias.

Nunca entendi, os reais motivos de adolescentes e jovens, sem qualquer limitação, livres para projetar a vida, mas optam por um mundo de festas regadas a sexo, álcool e outras drogas. Não tenho outra definição, a não ser chamá-los de "classe de pacóvios". Será que os "deficientes" são realmente apenas os portadores de Transtorno do Espectro Autista (TEA), Down ou aqueles com outras síndromes?

"Ousai saber", diria Kant! A sabedoria é o único caminho para ressuscitar do meio dos pacóvios. Comodismo e covardia são as razões pelas quais, grande parte da humanidade permanece na imbecilidade. É cômodo ser pacóvio. É fácil acolher felicidade enquanto consumo *ergo sum*. Se tenho um computador que substitui meu entendimento e/ou uma rede social que diz o que devo fazer, vestir, comer, viver e ser dispensa-se o esforço.

Como é difícil ressuscitar dentre os pacóvios! Em todos os encontros com pessoas humanas com TEA, encontrei só pureza e verdade. Não são consumistas e não entendem a felicidade a partir da lógica do consumo. São simples e sempre prontos para simplesmente viver.

Nos meus bons tempos de criança nunca ouvi a expressão "autismo" ou "Transtorno do Espectro Autista", nem na Rua Campos Sales, lá em São Miguel Arcanjo, pequena cidade do interior de São Paulo, onde vivi minha infância; menos ainda na escola, mas preservo vivas na memória as imagens de dois amigos que eram considerados "estranhos ou esquisitos".

Na 4ª série do antigo primário, enquanto aluno na pequena cidade de São Miguel Arcanjo, interior de São Paulo, na escola estadual Nestor Fogaça, conheci o José, apelidado de "boiadeiro", um bem "esquisito". José sempre estava de traje de peão de boiadeiro, camisa xadrez, calça e bota cano longo. Fosse no verão ou no inverno, lá estava na primeira carteira da terceira fila, sempre com a mesma indumentária, o José, que não gostava de fazer o que era "pavor aos professores": não conversava, não saía do lugar, não aprontava nada... Era considerado bom aluno porque era quieto e não criava problemas à professora, o oposto dos gêmeos João e eu... Na escola, a maioria era copista. José não copiava nada da lousa verde, mas tinha uma habilidade extraordinária para desenhar.

Certa vez, pedi a José que desenhasse Helena, a menina bonita da 5ª série. Helena deve ter sido gestada diretamente por uma entre as duas mais belas deusas da história, Atena ou Iemanjá. Devido à perfeição do desenho, dei este de presente para a Helena que, por muito tempo, achou que era obra minha.

Depois do presente, ganhei a simpatia e o amor enquanto a mais pura *filia* de Helena, sempre estávamos juntos. Dias depois, uma moça da 7ª série pediu que eu fizesse um desenho de seu rosto. Não entendi, mas logo lembrei do desenho de Helena e também do José. Pedi à moça que trouxesse uma foto no dia seguinte, e que foto! Além dessa, a moça chamada Beatriz trouxe um papel especial, tipo papel cartão. Levei a foto e o papel ao José, que executou a obra.

Depois disso, José passou a ser o desenhista da escola. Sem redes sociais ou telefone, a fama dele se espalhou... O menino "esquisito", que nunca soube a diferença entre próclise, mesóclise, ênclise, conjunção e disjunção, ganhava uma identidade: "o menino que desenhava". Daí em diante, José passou a revelar sua habilidade para seu mundo, a pequena cidade de São Miguel. José nunca saiu de lá, não casou-se, sempre teve poucos amigos e ainda desenha com a mesma maestria.

Naqueles bons tempos, a alegria da minha turma da escola era maior ainda quando a professora Míriam faltava, não porque não gostávamos dela, mas porque era a oportunidade para jogar bola na quadra, sempre ocupada pelos alunos grandes das 7ª e 8ª séries.

Em uma segunda-feira de março de 1979, Ano Internacional da Criança, logo às 7 horas da manhã, lá vinha mancando pelo corredor da escola, a Véia da Cozinha, principal educadora da escola, também conhecida por Bruxa, devido à inseparável vassoura e seu velho caldeirão da melhor sopa e com os melhores temperos colhidos de seu próprio quintal, para dar a boa notícia, com a voz mais aguda que conheci... Mas não é momento de falar das importantes bruxas de minha vida.

— A Dona Míria fartô!

— Êeeeeeeeeeeeeee....

Foi uma segunda-feira festiva. O grito da Bruxa orientando para "não correr no corredor", o qual deveria ser chamado de andador, meninos na quadra, meninas assistindo e aplaudindo meninos... A cena era perfeita para aquela época!

Nossa turma de meninos somava 18 alunos, dos quais 8 preferiam jogar queimadas e petecas. E eram livres para isso! Dona Míriam nos ensinou a viver e conviver – lição que jamais esqueci.

Na escolha das equipes de futebol, sempre faltava goleiro e alguém para completar um dos times. Era nessa hora que José era lembrado. Mas todos tinham muito cuidado com José e por isso ninguém pedia a ele que fosse para o gol. Era a posição mais ingrata e ofensiva do jogo.

José tinha um ritual para começar a fazer parte do jogo de bola: tirava suas botas, arregaçava as calças até os joelhos, dobrava as mangas da camisa xadrez, penteava os cabelos com seu inseparável pente azul e fazia o sinal da cruz.

Mandar alguém para o gol era para levar as "caximbadas" e/ou "boladas". Colocar José na posição de goleiro seria ofensivo... Colocar alguém com "problemas" para levar boladas, pegava mal para qualquer um, mas, em jogo, José gostava de pegar a bola com as mãos. As tentativas de explicar ao José que bola se joga com os pés foram muitas... Sem êxito... Até o dia que José foi para o gol... E lá se foram as "cachimbadas".... A partir desse dia, além de caricaturista, José se tornou o goleiro da escola e foi convidado para jogar com os alunos grandes da 7ª série. Era mais uma habilidade que José Boiadeiro revelava!

Na 5ª série, após colocar uma bombinha – o que o Estatuto da Criança e do Adolescente define de fogo de estampido –, no banheiro das meninas, comprada na Papelaria do Arcidino, fui expulso da Escola Nestor Fogaça. Atualmente, o ECA, no art. 244, dispõe: Vender, fornecer, ainda que gratuitamente, ou entregar, de qualquer forma, à criança ou adolescente, fogos de estampido ou de artifício, exceto aqueles que, pelo seu reduzido potencial, sejam incapazes de provocar qualquer dano físico em caso de utilização indevida, a pena é de detenção de seis meses a dois anos, e multa.

Sofri muito devido à distância de Helena, eu não era o mesmo. Comecei a chegar mais tarde em casa. Antes do retorno, tinha o compromisso de ir até o portão da Escola Nestor Fogaça, a qual ficava, aproximadamente, há três quilômetros de distância para encontrar Helena e acompanhá-la até sua casa. No caminho, sempre encontrava flores para presenteá-la. Sua flor preferida eram as margaridas brancas. Nossa amizade jamais foi abalada, até mesmo com sua morte por leucemia, em 1983. Perdi minha amiga e ganhei um anjo no céu. E, quando tenho a oportunidade de voltar a São Miguel, visito o túmulo dela e sinto o perfume das margaridas.

Após a expulsão, fui matriculado na Escola Gomide de Castro, na mesma cidade. Foi na 5ª série do Gomide que conheci o Paulo, ou Paulo Índio, devido à franja nos olhos. Paulo era inquieto, o tempo todo estava em movimento. Ficar sentado era sofrimento. Precisava estar deslocando-se de um lugar para o outro. Passava a aula rabiscando carteiras e paredes, sempre com números.

Não tinha pessoa melhor para resolver os exercícios de matemática da professora Eliane. Nas provas com a professora Eliane, Paulo era a salvação!

A professora Eliane era míope e muito bonita. Parecia que o Sol havia feito uma obra de arte em seu rosto moreno. Até quando ficava irritada com o Paulo fazendo contas na parede da sala, ela não perdia nada de sua beleza. Dizem que a palavra "beleza" vem da língua hebraica, *bet el za* ou "o lugar onde Deus brilha". Acho que foi a professora Eliane que me fez gostar da Escola Gomide de Castro. Passei também a gostar muito de matemática...

Nos dias das provas de matemática, havia dois destaques: a professora Eliane fingindo que enxergava os alunos recebendo "colas", e a sala toda à espera do Paulo resolvendo e repassando as respostas. Quem quisesse uma boa nota, ou aceitava as respostas do Paulo, ou conferia as próprias respostas com as do Paulo. O aluno "esquisito" que rabiscava paredes sempre tinha o gabarito e/ou era o próprio gabarito de matemática. E o tempo passou...

5

Encontro com outros "esquisitos"

Em 1990, na Universidade de Sorocaba, no curso de Filosofia, conheci o Flávio com sua inseparável máquina de datilografia. Flávio tinha limitações motoras nos braços e pernas, além da grande dificuldade para falar. Eu ficava impressionado com seu esforço para caminhar, falar e ser acolhido por todos. Flávio era um grande estímulo aos demais alunos. Quando olhava ou dialogava com Flávio, deixava para trás meus dramas pessoais. Foi com Flávio que aprendi a criar gosto pela leitura de obras filosóficas, principalmente, Hegel, Heidegger, Wittgenstein e Habermas.

Em 1992, enquanto lecionava Filosofia no 2º ano do antigo segundo grau, na Escola Themudo Lessa, em Jandira, região metropolitana de São Paulo, conheci a Clélia, uma sansei... Não ouvi sua voz e nem contemplei seu olhar até o final do ano letivo. Clélia não conversava com ninguém e nem respondia chamadas. Não tocava em ninguém e não fazia qualquer anotação das aulas... As provas eram devolvidas sempre em branco e os professores e direção diziam apenas: "Ela deve ter algum problema..." Foram várias tentativas de diálogo com os familiares, que jamais compareceram à escola. O que chamava a atenção era a pontualidade de Clélia. Era a primeira a chegar na escola e não faltava em hipótese alguma. Em dezembro, no encerramento do ano letivo, dei um livro de presente para Clélia, *O diário de Anne Frank*, e ganhei o presente que eu esperava: Clélia, com olhar lagrimoso, sorriu e expressou apenas uma palavra:

— Obrigada!

Somente em 2010, na Universidade Regional de Blumenau, em Santa Catarina, como professor de Filosofia na turma do curso de Direito, ouvi a expressão "autismo".

Antes de iniciar o semestre, a coordenação do curso passava a comunicação a respeito dos alunos com necessidades especiais existentes nas turmas. Em fevereiro de 2010 recebi um ofício da coordenação do curso de Direito com a lista de alunos "especiais", contendo expressões: "limitação psicomotora", "déficit de atenção", "baixa visão", "superdotação", "x frágil, "autista" etc.

Confesso que sempre detestei essas listas de rótulos. Nunca recebi lista de alunos com as expressões: "mal-educado", "sem escrúpulo", "fofoqueiro", "mal caráter", "maconheiro", "usuário de cocaína", "vagabundo", "preguiçoso", "oportunista", "pilantra", "dândi", "estelionatário" etc.

Em 2018, já professor de Filosofia na Penitenciária de Blumenau, reencontrei o "M.", ex-aluno do colégio BJ e de uma Universidade em Blumenau, condenado a 27 anos de prisão por tráfico, organização criminosa e homicídio... M. não estava na lista de alunos especiais de fevereiro de 2016.

Em 2019, no colégio BJ, unidade de Itajaí (SC) – escola apenas para ricos –, conheci o Willian, aluno do 6º ano do ensino fundamental. Willian era um TEA de Nível 1 – Exige Apoio. O tempo todo estava em movimento. Quando sentado, não parava de movimentar as mãos. Gostava de falar sobre o Homem-Aranha. Se alguém tinha interesse pelo Homem-Aranha, ganhava um amigo. Sabia tudo sobre o personagem e apreciava aranhas.

Certa vez, enquanto atividade pedagógica, pedi aos alunos a confecção de uma história em quadrinhos sobre filosofia da linguagem. Willian escreveu sobre a linguagem das aranhas. Aprendi com Willian que a maioria das aranhas tem oito olhos. Algumas têm 6, 4 ou 2 olhos, ou mesmo nenhum. Algumas aranhas de caverna são cegas. Os pelos das aranhas não causam somente arrepios aos que têm fobia só de olhar o animal. São elementos importantes e vitais para a sobrevivência delas. Os pelos funcionam como sensores de deslocamento de ar. As aranhas possuem hábitos diurnos ou noturnos. As espécies noturnas, como as caranguejeiras, possuem a visão deficiente e não reconhecem pessoas como agressoras. A agressividade existe quando um conjunto de situações informa ao animal que ele está vulnerável. Essas reações envolvem, principalmente, movimentos bruscos, deslocamentos repentinos de ar, qualquer situação que envolva manuseio, contenção, captura ou barulho em excesso. A partir disso afirmo que as aranhas são "autistas": apreciam a solidão, trabalham sozinhas e têm um mundo restrito que deve ser respeitado.

Em Indaial (SC), em 2015, conheci Ricardo, 25 anos, portador de TEA Nível 3 – Exige Apoio Muito Substancial. O autismo dele é secundário perante a outra doença chamada Esclerose Tuberosa, também conhecida como Síndrome de Bourneville-Pringle. Ricardo é também epilético, além de ter "deficiência intelectual". Devido a esses fatores, Ricardo é totalmente dependente de sua mãe. O pai foi embora de casa e nunca mais voltou após o terceiro ano de vida de Ricardo, como muitos pais de filhos autistas. A mãe, além de ser totalmente dedicada ao filho – como são as mães de filhos com TEA –, é uma pessoa de muita espiritualidade, de onde vem suas forças para enfrentar os desafios que a vida lhe propôs.

Em 2022, no 3º ano do ensino fundamental, na escola Theodoro Becker, em Brusque (SC), conheci o Alex, o menino que ouvia demais. Alex é TEA Nível 2 – Exige Apoio Substancial. Nas aulas de ética e cidadania, mesmo com o barulho e conversas diversas dos demais alunos, o que é normal em sala de aula com crianças, Alex conseguia ouvir o bipe do meu relógio. Alex aprecia números e desenhos, não muito diferente de Paulo e José, meus amigos de infância. A mãe do Alex tem um belo apelido: é chamada de Sol, com motivos, pois seus olhos claros e atentos iluminam a vida de Alex, por isso ele lê, escreve, fala e faz amigos.

6

Pessoas humanas com TEA não podem ser "transtornos"

Na vida em sociedade encontramos muitos transtornos. É o político corrupto e demagogo; a exploração de mão de obra infantil; preconceitos; racismo; homofobia; profissionais mal-educados que trabalham na educação, desigualdade social, fanatismo religioso e esportivo; ganância desumana; entre outros... São muitos os transtornos que enfrentamos diariamente.

As pessoas humanas com TEA estão entre nós e a incidência de TEA, atualmente, vem aumentando. Segundo dados da *Center for Disease Control and Prevention* (CDC), dos Estados Unidos, mostram que a prevalência do TEA aumentou de 1 em cada 150 crianças, no período entre 2000 a 2002, para 1 a cada 68 crianças, no período entre 2010 a 2012, e 1 a cada 59 crianças em 2014. E, nos dados do mês de março de 2020, alcançou-se a marca de 1 em cada 54 crianças. Isso significa que a incidência de autismo mais do que duplicou em 12 anos, aumentou quase 16% apenas no período de dois anos (entre 2012 e 2014), e um pouco menos de 9% em um período de 6 anos até 2020.

Uma das explicações é que hoje o Transtorno do Espectro Autista é mais divulgado pelos meios de comunicação e, portanto, diagnosticado, além de professores e mães, atentos aos comportamentos e modo de ser das crianças. Na prática, quem faz o diagnóstico são os professores e pais, o médico apenas confirma e faz o laudo sobre o TEA.

Ainda há outras explicações possíveis. O TEA é mais frequente quando pais e mães têm mais de 40 anos. Assim, na recente realidade, muitos optam pela paternidade após adquirirem a tão sonhada estabilidade econômica e, consequentemente, a média de idade de pais e mães tem aumentado para 35 a 45 anos, o que aumenta a possibilidade da existência de filhos com alguma espécie de síndrome.

Não precisa ser especialista para saber que há alterações genéticas no TEA, mas essas alterações ainda não foram mapeadas, sendo um desafio para uma pesquisa a longo prazo. Não se conhece ainda os genes ligados ao TEA, mas há pesquisas e estudos diversos sobre o assunto.

O primeiro a fazer uso da expressão "autismo" foi Plouller (1906), mas foi Eugen Bleuler (1911), que apresentou o autismo com a finalidade de definir o estado em que a pessoa humana se mantém distanciada da realidade. Em 1943, Leo Kanner definiu o autismo como um distúrbio com características próprias, diferenciando o autismo de outras psicoses. Segundo Leboyer (1985), no artigo "*Autistic Disturbances of Affective Contact*" ("Distúrbios autistas do contato afetivo"), Kanner expressa que o autista apresenta estereotipias gestuais, uma necessidade de manter imutável seu ambiente, ainda que deem provas de uma memória notável.

O termo autismo é a junção das palavras, de origem grega, "autos" e "-ismo", cuja tradução direta pode ser "orientar para si mesmo". Quanto à síndrome, Gauderer (1997) expressa que o autismo tem múltiplas etiologias com distúrbios de desenvolvimento, caracterizado pela dificuldade da pessoa humana com TEA ter com interação social, linguagem e comunicação, repercutindo no comportamento.

Segundo Fabiele Russo (2021), no cérebro da pessoa humana com TEA há uma menor conexão entre os dois hemisférios cerebrais e, ao mesmo tempo, a superabundância de conexões locais. Ainda, o fenômeno da poda neuronal, que ocorre naturalmente entre 2 e 3 anos da criança, não ocorre como deveria. A pessoa com TEA tem estrutura neurológica diferenciada, o que caracteriza a condição da pessoa humana com TEA, gerando desafios sociais, de comunicação (TEA Verbal ou Não Verbal) e comportamentais. Segundo a autora, no primeiro ano de vida, o cérebro de uma criança estabelece os circuitos neurais. Como uma rede, é repleto de ligações entre os neurônios –as sinapses –, responsáveis por conduzir a informação entre o cérebro, o sistema nervoso central e o organismo.

Nessa fase, a criança tem o dobro de sinapses que um adulto. Isso ocorre porque o cérebro lança circuitos para inúmeras atividades. Na medida em que o indivíduo recebe estímulos de aprendizagem e desenvolvimento, o cérebro passa a reconhecer quais conexões tem sido utilizada com maior frequência e reforça esse circuito em forma de memória. Os recursos que não são utilizados vão sendo desativados. Para essa exclusão, dá-se o nome de poda neural, um processo que ocorre no interior do cérebro, resultando na redução do número total de neurônios e sinapses. Esse corte ocorre inúmeras vezes ao longo da vida, sendo mais intenso aos 3 anos de idade da criança, bem como na adolescência, o que é muito saudável para a estrutura cerebral.

Para Fabiele Russo (2017), outro importante grupo de células do cérebro são definidas por "astrócitos": são as células gliais mais abundantes no sistema nervoso central, e constituem aproximadamente metade das células do cérebro humano. Correspondem a um grupo de células heterogêneas, com diferentes subtipos, que apresentam diferenças quanto à morfologia, ao desenvolvimento, ao metabolismo e à fisiologia. Apresentam atividade fundamental no funcionamento do sistema neuronal, sendo de suma importância para compreender o mecanismo do Transtorno do Espectro Autista. Estas células são responsáveis por sustentar e nutrir os neurônios e estão envolvidas em diversas atividades cerebrais. Além disso, os astrócitos regulam a concentração de diversas substâncias do sistema neuronal.

Entre os portadores de TEA, embora tenham características semelhantes, há diversos graus, sintomas e reações. É um quebra-cabeças com mil ou milhões de peças a ser montado, o que amplia a complexidade na pesquisa e a necessidade urgente de poder público, instituições e sociedade possibilitarem políticas públicas voltadas para pessoas humanas com TEA, visto que o transtorno é da pessoa com TEA e não dever ser encarado enquanto transtorno para a sociedade, principalmente para a escola.

7

Transtorno do espectro autista segundo o DSM-V e o CID – 11

É sabido que o autista apresenta dificuldades na interação social, linguagem e comunicação, acarretando alterações comportamentais que variam entre leve, moderada e grave.

Hoje em dia, os diferentes tipos de autismo – Transtorno Autista, Síndrome de Asperger, Transtorno Invasivo do Desenvolvimento e Transtorno Desintegrativo da Infância – são denominados Transtornos do Espectro Autista (TEA).

No dia 18 de maio de 2013, a *American Psychiatric Association (Associação Psiquiátrica Americana),* editou a última versão revisada do Manual de Diagnóstico e Estatística de Transtornos Mentais (*Diagnostic and Statistical Manual of Mental Disorders*), conhecida como **DSM-V**, excluindo quatro subtipos de autismo e definiu o Transtorno do Espectro Autista em três níveis e/ou graus.

A antiga Síndrome de Asperger está na extremidade mais branda do espectro autista, pois a inteligência pode ser alta e a capacidade de realizar as atividades diárias é preservada, porém acarreta dificuldades para a interação social.

O que era definido por Transtorno Autista era uma expressão usada para diagnosticar pessoas com os mesmos sintomas da síndrome de Asperger e do "Transtorno Invasivo do Desenvolvimento", porém com um grau mais avançado.

A ultrapassada expressão Transtorno Desintegrativo da Infância era usada para diagnosticar crianças que se desenvolviam normalmente e depois perdiam as habilidades sociais, cognitivas e de linguagem, comunicação e interação social, o que ocorre, geralmente entre 2 e 4 anos de idade.

Assim, a partir de 2013, a expressão Transtorno do Espectro Autista (TEA) passou a ser genérica para o grupo de transtornos de neurodesenvolvimento complexos que constituem o autismo. Espectro porque nem todo autista é igual. Cada pessoa humana com TEA pode apresentar uma ampla variedade de sinais com diferentes graus ou níveis. No entanto, em todas as pessoas humanas com TEA há a díade do autismo: comunicação social e comportamento repetitivo ou restrito. Por isso, a imagem do quebra-cabeças colorido é a que melhor representa a pessoa humana com TEA.

Segundo o DSM-V, os primeiros sinais de TEA surgem entre 2 e 3 anos de vida:

- pode ser limitado ou não existir;
- dificuldade para compartilhar objetos;
- ausência de comunicação, mas pode ocorrer a ecolalia;
- sensibilidades sensoriais;
- comportamentos repetitivos;
- interesses restritos;
- dificuldade com mudanças na rotina;

- dificuldade para dormir.

Quanto ao diagnóstico, pode ser realizado apenas por médicos, por meio da avaliação dos sinais, da observação da criança e de entrevista com os pais ou responsáveis. Ainda, o DSM-V lista três níveis diferentes de TEA:

7.1 Nível 1 (Exige Apoio)

- dificuldade em iniciar interações sociais;
- resposta atípica à interação social;
- diminuição do interesse em interações sociais em alguns casos;
- capacidade de falar frases claras e se comunicar, mas com dificuldade de manter uma conversa e fazer amigos;
- comportamento inflexível que interfere no funcionamento geral em um ou mais contextos;
- dificuldade para alternar entre atividades;
- dificuldades de organização e planejamento, que podem afetar a independência.

7.2 Nível 2 (Exige Apoio Substancial)

- dificuldades perceptíveis com habilidades de comunicação social verbal e não verbal;
- questões sociais aparentes apesar dos apoios em vigor;

- iniciação limitada de interação social;
- resposta reduzida às interações sociais;
- interações limitadas a interesses estreitos;
- diferenças mais significativas na comunicação não verbal;
- comportamento inflexível;
- dificuldade para lidar com a mudança;
- comportamentos restritos ou repetitivos que interferem no funcionamento diário;
- dificuldade em mudar o foco ou ação.

7.3 *Nível 3 (Exige Apoio Muito Substancial)*

- dificuldades graves na comunicação social verbal e não verbal;
- iniciação muito limitada de interações sociais;
- resposta mínima à interação social de outros;
- uso de poucas palavras e fala inteligível;
- métodos incomuns de atender às necessidades sociais e responder apenas a abordagens muito diretas;
- comportamento inflexível;
- extrema dificuldade em lidar com a mudança;

- comportamentos restritos ou repetitivos que interferem significativamente no funcionamento em todas as áreas da vida;
- experimentar grande angústia ao mudar o foco ou a atividade.

Assim são definidos os graus ou níveis de pessoas humanas com TEA, porém, podem ser ou não estáticos. A criança pode ser diagnosticada em qualquer um dos níveis, mas a evolução pode ocorrer via estímulos e/ou atividades que possibilitem o desenvolvimento da criança. Autismo não é doença, é um modo próprio de ser da pessoa humana com TEA. Da mesma forma que cada ser humano carrega em si limitações para determinadas habilidades, a pessoa humana com TEA tem as suas.

Historicamente, ninguém é igual, nem gêmeos. Cada um tem o seu jeito de ser e cada um entra na história e começa seu processo de evolução passando pela experiência dos cinco úteros. Logo, o TEA de Nível 3, ou severo (incluso o Nível 2, ou moderado) pode migrar para o Nível 1 ou leve. E este para melhor. Ainda, pode ocorrer que a pessoa humana com TEA jamais seja diagnosticada, mas devido aos estímulos recebidos em sua história, transcorre a evolução, pode levar a vida com autonomia, ou autonomia possível.

Além do DSM-V, há o Código Internacional de Doenças (CID – 11) da Organização Mundial da Saúde (OMS), o qual apresenta a classificação de Transtornos Mentais e de Comportamento, publicado pela Organização Mundial da Saúde (OMS). Vale pontuar que o DSM-V é uma ferramenta que compreende os padrões de doenças mentais e o CID-11 molda a prática mais ampla da psiquiatria. No entanto, para o DSM-V, o Transtorno do Espectro Autista faz parte do grupo definido como Transtornos Mentais.

No CID-11, em vigor a partir de 01/01/2022, especifica o TEA em códigos:

6A02 – Transtorno do Espectro Autista:

6A02.0 – Transtorno do Espectro Autista sem deficiência intelectual e com comprometimento leve ou ausente da linguagem funcional;

6A02.1 – Transtorno do Espectro Autista com deficiência intelectual e com comprometimento leve ou ausente da linguagem funcional;

6A02.2 – Transtorno do Espectro Autista sem deficiência intelectual e com linguagem funcional prejudicada;

6A02.3 – Transtorno do Espectro Autista com deficiência intelectual e com linguagem funcional prejudicada;

6A02.4 – Transtorno do Espectro Autista sem deficiência intelectual e com ausência de linguagem funcional;

6A02.5 – Transtorno do Espectro Autista com deficiência intelectual e com ausência de linguagem funcional;

6A02.Y – Outro Transtorno do Espectro Autista especificado;

6A02.Z – Transtorno do Espectro Autista não especificado.

No entanto, não importa qual seja o diagnóstico, seja um transtorno especificado ou não, o importante é propiciar o diagnóstico precoce da criança com TEA para ocorrer o acompanhamento multidisciplinar integrado. Muitas mãos montam com mais eficiência qualquer quebra-cabeças. Assim, a pessoa humana com TEA poderá se adaptar melhor perante os desafios sociais da contemporaneidade, buscando realizar a transição da anomia para heteronomia e chegar à autonomia possível.

8

Hiperfoco, o que é isso?

Uma característica bastante presente na pessoa humana com TEA é o hiperfoco e/ou estar focado sempre em um assunto específico. Dialogar de forma contínua nos mesmos tópicos em uma conversa; ouvir, cantar ou tocar obsessivamente a mesma música repetidamente; ler sempre sobre o mesmo assunto. Essas peculiaridades são manifestações do hiperfoco. Seja qual for o assunto, os interesses podem atrapalhar a vida, tendo excesso de raiva quando o foco é alterado na escola, em casa e na vida social.

A pessoa humana com TEA apresenta hiperfoco na rotina e, assim, sente-se confortável, sendo inevitável a irritação ou choro quando a rotina é alterada.

Ainda, o autista de grau leve pode ter a sensibilidade maior em um dos sentidos; o moderado em mais de um; e o severo em todos. Portanto, a luz, o som alto, o tecido áspero, um agrupamento de pessoas, ou tudo ao mesmo tempo, podem ser obstáculos para a estabilidade de pessoas humanas com TEA.

Além disso, a pessoa humana com TEA pode ter outras síndromes, ou até mesmo disfunção hormonal, acarretando complicações. São os hormônios que administram nossa fome, sede, sono, irritação e serenidade. Por exemplo, a glândula pineal produz a melatonina, controlando a vigília e o sono; o hipotálamo produz o hormônio antidiurético ou vasopressina, o qual garante a absorção de água; a tireoide produz a triiodotironina e a tiroxina, hormônios reguladores do metabolismo celular geral; a glândula suprarrenal produz a adrenalina, acelerando o organismo. Daí a necessidade de acompanhamento ser para além do neurológico, mas multidisciplinar. Toda ajuda é sempre bem-vinda e muito ajuda quem não atrapalha.

Ainda, não podemos ser pragmáticos, obedecendo o que a sociedade impõe enquanto padrão de beleza, inteligência ou normalidade. Como diria Sartre (1943), o humano é o "Ser em Si e para Si", livre, nasce vazio e, no tempo, é preenchido por si mesmo, isto é "estamos condenados ser livres".

Entretanto, o próprio Gardner defende que sua teoria não pode ser o fator decisivo para definir o Ser Humano. Isso significa que devemos levar em consideração todas as habilidades existentes na estrutura cerebral humana, estimulando cada humano a ser o que ele quiser.

Pessoa Humana com TEA tem hiperfoco na rotina, mas pode enfrentar a quebra desta. O autista sente-se confortável na rotina, sendo inevitável a irritação ou choro quando ela é alterada, o que não é diferente entre os "normais", quando ocorre uma fechada no trânsito, ou o esposo tira um móvel do lugar da casa, ou o pai diz não à filha que deseja um novo aparelho celular, ou, ainda, quando o funcionário com melhor competência que o chefe diz a este que ele ocupa aquele cargo apenas por indicação política.

Apreciar a rotina não é algo exclusivo do autista. Daí a importância de preservá-la a qualquer custo, nas instituições, em casa e na escola, principalmente a rotina do professor que, depois de 20 ou 30 anos lecionando apenas aos "normais", é surpreendido com a presença de um aluno autista. Entretanto, a rotina na escola pública nem sempre é possível devido à enxurrada de atestados médicos de professores e monitores de apoio e/ou troca constante desses profissionais.

Ainda, o autista de nível 1 pode ter a sensibilidade maior em um dos sentidos, o nível 2 em mais de um e o nível 3, possivelmente, em todos, seja para hipersensibilidade (excesso de luz, som, agrupamento de pessoas, cores, imagens, textura de algum tecido áspero e presença de gente falsa), seja para a hiposensibilidade (necessidade de escalar, correr e pular para estimular a musculatura que clama por movimentos), ou tudo ao mesmo tempo, tornando-se obstáculos para a estabilidade de Pessoas Humanas com TEA. É o transtorno do desenvolvimento sensorial, no qual o Sistema Nervoso Central processa estímulos de forma atípica, gerando a hipersensibilidade ou a hiposensibilidade, podendo ocasionar o *meltdown*, uma explosão de sentimentos. Daí a importância de profissionais atentos às necessidades especiais do aluno autista no processo de ensino e aprendizagem.

9

Comorbidades são eternas?

Os grandes ou pequenos transtornos na vida da pessoa humana com TEA, ou na vida de pessoas não-TEA, são as comorbidades. Comorbidades podem ser doenças, condição ou estado físico e mental que, em razão da gravidade, pode potencializar os riscos à saúde. Pode ter origem psíquica, neurológica, endócrina etc. Também podem encarar distúrbios do sono, gastrointestinais, hormonais, problemas motores, deficiência intelectual, transtorno do déficit de atenção e/ou concentração, epilepsia, irritação.

Uma teoria que pode ser aplicada no processo de ensinar e aprender com TEA ou não-TEA é a teoria de Howard Gardner, a qual defende que a inteligência pode ser abordada por vários aspectos e que cada pessoa possui diferentes tipologias. Por isso, ele propõe diferentes inteligências. A lista não é única e nem sempre aceita, mas abrange as principais competências e habilidades recepcionadas na vida em sociedade.

Para Gardner (1990), toda pessoa tem uma ou mais inteligências. Há pessoas com a habilidade para o raciocínio lógico, tendo facilidade para fazer uso de números, organizar, hierarquizar e sistematizar. Outras pessoas têm a habilidade de observar e captar com precisão o mundo visual e espacial e realizar alterações, daí vem a arte. Outras são voltadas para música, na qual revelam a habilidade com a capacidade de perceber e expressar formas musicais. Outras são mais voltadas para a área linguística, em que a habilidade está relacionada à capacidade que o indivíduo tem de se expressar de forma efetiva, por meio de palavras ditas ou escritas, e de entender o que está lendo ou ouvindo. Outras são mais corporais-cinestésicas, confirmando a habilidade de usar o corpo ou parte dele para expressar sentimentos ou realizar ações, o que fazem com maestria os atletas, atores e dançarinos e cirurgiões e outras profissões que necessitam de ampla capacidade motora. Outras são mais naturalísticas, tendo mais afinidade com animais irracionais e plantas, despertando, assim, para a consciência ecológica. Outras são mais interpessoais e intrapessoais, tendo facilidade para interagir com o outro, seja diferente ou não. E outras, ainda, são mais existenciais, as quais sentem-se muito bem dialogando com o mundo mágico da filosofia, teologia e da física.

No entanto, aqui defendo a tese que o ser humano não é bolo. Deus não foi preguiçoso, limitando-se apenas a uma ou duas formas. Qual oleiro, tendo o barro em suas mãos, moldou um ser não pronto. Cada pessoa humana pode ser o que ela quiser. Não há uma ou duas formas. Seria mais fácil contar as estrelas do céu a definir a quantidade de formas que Deus utilizou para criar sua obra de arte.

Não podemos ser pragmáticos, obedecendo àquilo que a sociedade impõe enquanto padrão de beleza, inteligência ou de normalidade. Como diria Sartre (1943), o humano é o "ser em si e para si", livre, nasce vazio e, no tempo, é preenchido por si mesmo, isto é, "estamos condenados a ser livres".

Entretanto, o próprio Gardner defende que sua teoria não pode ser o fator decisivo para definir o ser humano.

Isso significa que devemos levar em consideração todas as habilidades existentes na estrutura cerebral humana, estimulando cada humano para ser o que ele quiser.

E como já mencionei, uma coisa é a teoria, outra coisa é a experiência. Lorenzo tem suas comorbidades, como eu tenho as minhas e qualquer pessoa tem as suas. Existe pessoa que come demais e pessoa que come abaixo do necessário. Há pessoas mais irritadas e as mais calmas. Há pessoas com habilidades esportivas extraordinárias e outras nem tanto. Outros com habilidades para a matemática, arte, escrita, fala etc., mas outros nem tanto. Esses são sinais de que é possível comprovar a tese de que ninguém é igual, somos seres em evolução no tempo.

No que diz respeito às dificuldades motoras, seja motricidade fina ou ampla, não há outro caminho a não ser estimular a partir de atividades pedagógicas diversas, músicas, movimentos e práticas esportivas.

Quanto à ansiedade, daí resulta a irritação, a agressividade, as fobias e os gritos que parecem ser sem motivação. Toda alteração de rotina na vida do Lorenzo, seja a presença de pessoas artificiais e/ou falsas ou barulho em excesso, causa o estresse, gerando irritação, gritos ou choro.

Quanto a problemas relacionados ao sono, geralmente ocorre com Lorenzo quando a rotina é alterada, ou devido ao excesso de açúcar ou de outro alimento.

Considerando a alimentação, Lorenzo é seletivo, mas com determinada compulsividade, o que exige muita atenção dos pais. É sabido que cafeína e açúcar são estimulantes e podem agravar comorbidades. Assim, considero que seja muito mais uma função dos pais do que do filho solucionar o problema.

No entanto, o fato de a pessoa humana com TEA ou a pessoa não-TEA apresentarem comorbidades, TEA não é doença, mas uma condição neurológica, em que há uma desorganização sensorial cerebral, a qual pode, via estímulos adequados, ser aos poucos reorganizada, ou quase reorganizada.

10

O que diz a lei sobre o autismo?

Em 2012, foi sancionada a Lei Berenice Piana, Lei nº 12.764/2012, a qual institui a Política Nacional de Proteção dos Direitos da Pessoa com Transtorno do Espectro Autista e estabelece diretrizes para sua consecução. Essa lei recebeu tal nome como homenagem ao trabalho de uma mãe de filho autista, que iniciou uma luta pessoal pela aprovação da primeira lei por iniciativa popular.

Berenice Piana é mãe de Dayan, pessoa humana com TEA, diagnosticado aos seis anos de idade, a partir dos estudos da própria mãe.

Quando o terceiro filho de Berenice nasceu, em meados da década de 90, a palavra autismo não fazia parte do vocabulário dela, e nem dos profissionais da área da saúde que procurou.

Em artigo publicado em 2020, Berenice expressa: "Comecei a perceber que a fala dele não evoluía. De dois anos de idade para frente, não evoluiu, ele involuiu. Já não olhava mais no olho. Não estabelecia nenhum diálogo, não falava. Isolava-se da família. Não socializava com outras crianças. Não brincava de forma adequada com os brinquedos. Pegava um carrinho, colocava do lado do ouvido e ficava girando a rodinha. Se pegasse um objeto, ficava girando nas mãos", conta. "Outra coisa interessante aconteceu na alimentação. Ele se alimentava como qualquer outra criança até essa idade e, de repente, ficou muito restritivo, só comia determinado tipo de alimento. Não engolia mais nada redondo".

Por isso e muito mais, a Lei 12.764/2012 leva o nome de Berenice. Em seu artigo 1º, é considerada pessoa com Transtorno do Espectro Autista aquela portadora de síndrome clínica caracterizada na forma dos seguintes incisos e parágrafos:

I – deficiência persistente e clinicamente significativa da comunicação e da interação sociais, manifestada por deficiência marcada de comunicação verbal e não verbal usada para interação social; ausência de reciprocidade social; falência em desenvolver e manter relações apropriadas ao seu nível de desenvolvimento;

II – padrões restritivos e repetitivos de comportamentos, interesses e atividades, manifestados por comportamentos motores ou verbais estereotipados ou por comportamentos sensoriais incomuns; excessiva aderência a rotinas e padrões de comportamento ritualizados; interesses restritos e fixos.

§ 2º A pessoa com Transtorno do Espectro Autista é considerada pessoa com deficiência, para todos os efeitos legais.

§ 3º Os estabelecimentos públicos e privados referidos na Lei nº 10.048, de 8 de novembro de 2000, poderão valer-se da fita quebra-cabeça, símbolo mundial da conscientização do transtorno do espectro autista, para identificar a prioridade devida às pessoas com transtorno do espectro autista.

Com essa lei, pessoa humana com TEA é pessoa com deficiência e protegida também pela Lei nº 13.146/2015 (Estatuto da Pessoa com Deficiência). A criança com TEA tem dupla vulnerabilidade: por ser criança, tem a proteção integral definida pelo Estatuto da Criança e do Adolescente (Lei nº 8.069/1990) e, por ser pessoa com deficiência, garante dupla proteção, conforme estabelece os artigos 4º, 6º, 7º, 8º e 9º da Lei 13.146/2015.

10.1 Estatuto da Pessoa com Deficiência (Lei 13.146/2015)

A pessoa humana com TEA é pessoa com deficiência e a criança com TEA tem dupla vulnerabilidade. A criança garante proteção integral definida pelo Estatuto da Criança e do Adolescente (Lei nº 8.069/1990) e por ser pessoa com deficiência, conforme estabelece os artigos 4º, 6º, 7º, 8º e 9º:

Art. 4º Toda pessoa com deficiência tem direito à igualdade de oportunidades com as demais pessoas e não sofrerá nenhuma espécie de discriminação.

§ 1º Considera-se discriminação em razão da deficiência toda forma de distinção, restrição ou exclusão, por ação ou omissão, que tenha o propósito ou o efeito de prejudicar, impedir ou anular o reconhecimento ou o exercício dos direitos e das liberdades fundamentais de pessoa com deficiência, incluindo a recusa de adaptações razoáveis e de fornecimento de tecnologias assistivas.

§ 2º A pessoa com deficiência não está obrigada à fruição de benefícios decorrentes de ação afirmativa.

Art. 5º A pessoa com deficiência será protegida de toda forma de negligência, discriminação, exploração, violência, tortura, crueldade, opressão e tratamento desumano ou degradante.

Parágrafo único. Para os fins da proteção mencionada no caput deste artigo, são considerados especialmente vulneráveis a criança, o adolescente, a mulher e o idoso, com deficiência.

Art. 6º A deficiência não afeta a plena capacidade civil da pessoa, inclusive para:

I – casar-se e constituir união estável;

II – exercer direitos sexuais e reprodutivos;

III – exercer o direito de decidir sobre o número de filhos e de ter acesso a informações adequadas sobre reprodução e planejamento familiar;

IV – conservar sua fertilidade, sendo vedada a esterilização compulsória;

V – exercer o direito à família e à convivência familiar e comunitária; e

VI – exercer o direito à guarda, à tutela, à curatela e à adoção, como adotante ou adotando, em igualdade de oportunidades com as demais pessoas.

Art. 7º É dever de todos comunicar à autoridade competente qualquer forma de ameaça ou de violação aos direitos da pessoa com deficiência.

Art. 8º É dever do Estado, da sociedade e da família assegurar à pessoa com deficiência, com prioridade, a efetivação dos direitos referentes à vida, à saúde, à sexualidade, à paternidade e à maternidade, à alimentação, à habitação, à educação, à profissionalização, ao trabalho, à previdência social, à habilitação e à reabilitação, ao transporte, à acessibilidade, à cultura, ao desporto, ao turismo, ao lazer, à informação, à comunicação, aos avanços científicos e tecnológicos, à dignidade, ao respeito, à liberdade, à convivência familiar e comunitária, entre outros decorrentes da Constituição Federal, da Convenção sobre os Direitos das Pessoas com Deficiência e seu Protocolo Facultativo e das leis e de outras normas que garantam seu bem-estar pessoal, social e econômico.

Art. 9º A pessoa com deficiência tem direito a receber atendimento prioritário, sobretudo com a finalidade de:

I – proteção e socorro em quaisquer circunstâncias;

II – atendimento em todas as instituições e serviços de atendimento ao público;

III – disponibilização de recursos, tanto humanos quanto tecnológicos, que garantam atendimento em igualdade de condições com as demais pessoas;

IV – disponibilização de pontos de parada, estações e terminais acessíveis de transporte coletivo de passageiros e garantia de segurança no embarque e no desembarque;

V – acesso a informações e disponibilização de recursos de comunicação acessíveis;

VI – recebimento de restituição de imposto de renda;

VII – tramitação processual e procedimentos judiciais e administrativos em que for parte ou interessada, em todos os atos e diligências.

§ 1º Os direitos previstos neste artigo são extensivos ao acompanhante da pessoa com deficiência ou ao seu atendente pessoal, exceto quanto ao disposto nos incisos VI e VII deste artigo.

§ 2º Nos serviços de emergência públicos e privados, a prioridade conferida por esta Lei é condicionada aos protocolos de atendimento médico.

Quanto à educação, o Estatuto da Pessoa com Deficiência estabelece em seu artigo 27 que a educação constitui direito da pessoa com deficiência, assegurados sistema educacional inclusivo em todos os níveis e aprendizado ao longo de toda a vida, de forma a alcançar o máximo desenvolvimento possível de seus talentos e habilidades físicas, sensoriais, intelectuais e sociais, segundo suas características, interesses e necessidades de aprendizagem.

Ainda, é dever do Estado, da família, da comunidade escolar e da sociedade assegurar educação de qualidade à pessoa com deficiência, colocando-a a salvo de toda forma de violência, negligência e discriminação.

Art. 28. Incumbe ao poder público assegurar, criar, desenvolver, implementar, incentivar, acompanhar e avaliar:

I – sistema educacional inclusivo em todos os níveis e modalidades, bem como o aprendizado ao longo de toda a vida;

II – aprimoramento dos sistemas educacionais, visando a garantir condições de acesso, permanência, participação e aprendizagem, por meio da oferta de serviços e de recursos de acessibilidade que eliminem as barreiras e promovam a inclusão plena;

III – projeto pedagógico que institucionalize o atendimento educacional especializado, assim como os demais serviços e adaptações razoáveis, para atender às características dos estudantes com deficiência e garantir o seu pleno acesso ao currículo em condições de igualdade, promovendo a conquista e o exercício de sua autonomia;

[...]

VII – planejamento de estudo de caso, de elaboração de plano de atendimento educacional especializado, de organização de recursos e serviços de acessibilidade e de disponibilização e usabilidade pedagógica de recursos de tecnologia assistiva;

VIII – participação dos estudantes com deficiência e de suas famílias nas diversas instâncias de atuação da comunidade escolar;

IX – adoção de medidas de apoio que favoreçam o desenvolvimento dos aspectos linguísticos, culturais, vocacionais e profissionais, levando-se em conta o talento, a criatividade, as habilidades e os interesses do estudante com deficiência;

X – adoção de práticas pedagógicas inclusivas pelos programas de formação inicial e continuada de professores e oferta de formação continuada para o atendimento educacional especializado;

XI – formação e disponibilização de professores para o atendimento educacional especializado, de tradutores e intérpretes da Libras, de guias intérpretes e de profissionais de apoio;

[...]

XIII – acesso à educação superior e à educação profissional e tecnológica em igualdade de oportunidades e condições com as demais pessoas;

XIV – inclusão em conteúdos curriculares, em cursos de nível superior e de educação profissional técnica e tecnológica, de temas relacionados à pessoa com deficiência nos respectivos campos de conhecimento;

XV – acesso da pessoa com deficiência, em igualdade de condições, a jogos e a atividades recreativas, esportivas e de lazer, no sistema escolar;

XVI – acessibilidade para todos os estudantes, trabalhadores da educação e demais integrantes da comunidade escolar às edificações, aos ambientes e às atividades concernentes a todas as modalidades, etapas e níveis de ensino;

XVII – oferta de profissionais de apoio escolar;

Art. 30. Nos processos seletivos para ingresso e permanência nos cursos oferecidos pelas instituições de ensino superior e de educação profissional e tecnológica, públicas e privadas, devem ser adotadas as seguintes medidas:

I – atendimento preferencial à pessoa com deficiência nas dependências das Instituições de Ensino Superior (IES) e nos serviços;

II – disponibilização de formulário de inscrição de exames com campos específicos para que o candidato com deficiência informe os recursos de acessibilidade e de tecnologia assistiva necessários para sua participação;

III – disponibilização de provas em formatos acessíveis para atendimento às necessidades específicas do candidato com deficiência;

IV – disponibilização de recursos de acessibilidade e de tecnologia assistiva adequados, previamente solicitados e escolhidos pelo candidato com deficiência;

V – dilação de tempo, conforme demanda apresentada pelo candidato com deficiência, tanto na realização de exame para seleção quanto nas atividades acadêmicas, mediante prévia solicitação e comprovação da necessidade;

VI – adoção de critérios de avaliação das provas escritas, discursivas ou de redação que considerem a singularidade linguística da pessoa com deficiência, no domínio da modalidade escrita da língua portuguesa.

10.2 Lei da Meia-Entrada (Lei 13.933/2013)

Esta lei concede o direito à meia-entrada em eventos às pessoas com deficiência, o que inclui a pessoa com TEA e o acompanhante, caso necessário. Assim, dispõe o diploma legal:

Art. 1º É assegurado aos estudantes o acesso a salas de cinema, cineclubes, teatros, espetáculos musicais e circenses e eventos educativos, esportivos, de lazer e de entretenimento, em todo o território nacional, promovidos por quaisquer entidades e realizados em estabelecimentos públicos ou particulares, mediante pagamento da metade do preço do ingresso efetivamente cobrado do público em geral.

§ 8º Também farão jus ao benefício da meia-entrada as pessoas com deficiência, inclusive seu acompanhante quando necessário, sendo que este terá idêntico benefício no evento em que comprove estar nesta condição, na forma do regulamento.

10.3 Decreto 10.502/2020

Em 30 de setembro de 2020, a presidência da República baixou o decreto 10.502/2020, o qual institui a Política Nacional de Educação Especial: Equitativa, inclusiva e com aprendizado ao longo da vida, por meio da qual a União, em colaboração com os estados, o Distrito Federal e os municípios, implementará programas e ações com vistas à garantia dos direitos à educação e ao atendimento educacional especializado aos educandos com deficiência, transtornos globais do desenvolvimento e altas habilidades ou superdotação e tem como público-alvo:

I – educandos com deficiência, conforme definido pela Lei 13.146/2015 (Estatuto da Pessoa com Deficiência);

II – educandos com transtornos globais do desenvolvimento, incluídos os educados com transtorno do espectro autista, conforme definido pela Lei 12.764/2012;

III – educandos com altas habilidades ou superdotação que apresentem desenvolvimento ou potencial elevado em qualquer área de domínio, isolada ou combinada, criatividade e envolvimento com as atividades escolares.

O decreto é um retrocesso, visto que não torna obrigatório que todas as crianças com deficiência estudem em escolas especiais, porém, pode dificultar o acesso ao ensino regular.

No entanto, inclusão no Brasil é direito e dever de todos, contando com educadores portadores de habilidades para educar, possibilitando a evolução da pessoa com TEA. Inclusão não se faz com improviso.

10.4 Lei Romeu Mion (Lei 13.977/2020)

Esta lei criou a Carteira de Identificação da Pessoa com Transtorno do Espectro Autista (CIPTEA), com o objetivo de garantir atenção integral, pronto atendimento e prioridade no atendimento e no acesso aos serviços públicos e privados, em especial nas áreas de saúde, educação e assistência social. Seja no mercado, na lotérica, bancos, clínicas, hospitais, transporte etc., a pessoa humana com TEA tem prioridade.

10.5 *Crimes possíveis contra pessoa humana com* TEA

Qualquer espécie de atitude preconceituosa e discriminatória em relação à pessoa humana com TEA, o Estatuto da Pessoa com Deficiência define enquanto crime específico definido a partir dos artigos 88, 89, 90 e 91. Por exemplo, o morador que leva reclamações relacionadas à pessoa humana com TEA ao síndico de condomínio, o qual recebe as reclamações, convoca reunião para punir a família da pessoa com TEA, "induz ou incita" a discriminação em razão da deficiência. Logo, pode ser denunciado com base no artigo 88 do Estatuto da Pessoa com Deficiência. Ainda, a mesma lei dispõe:

Art. 88. Praticar, induzir ou incitar discriminação de pessoa em razão de sua deficiência:

Pena – reclusão, de 1 (um) a 3 (três) anos, e multa.

§ 1º Aumenta-se a pena em 1/3 (um terço) se a vítima encontrar-se sob cuidado e responsabilidade do agente.

§ 2º Se qualquer dos crimes previstos no caput deste artigo é cometido por intermédio de meios de comunicação social ou de publicação de qualquer natureza:

Pena – reclusão, de 2 (dois) a 5 (cinco) anos, e multa.

§ 3º Na hipótese do § 2º deste artigo, o juiz poderá determinar, ouvido o Ministério Público ou a pedido deste, ainda antes do inquérito policial, sob pena de desobediência:

I – recolhimento ou busca e apreensão dos exemplares do material discriminatório;

II – interdição das respectivas mensagens ou páginas de informação na internet.

§ 4º Na hipótese do § 2º deste artigo, constitui efeito da condenação, após o trânsito em julgado da decisão, a destruição do material apreendido.

Art. 89. Apropriar-se de ou desviar bens, proventos, pensão, benefícios, remuneração ou qualquer outro rendimento de pessoa com deficiência:

Pena – reclusão, de 1 (um) a 4 (quatro) anos, e multa.

Parágrafo único. Aumenta-se a pena em 1/3 (um terço) se o crime é cometido:

I – por tutor, curador, síndico, liquidatário, inventariante, testamenteiro ou depositário judicial;

II – por aquele que se apropriou em razão de ofício ou de profissão.

Art. 90. Abandonar pessoa com deficiência em hospitais, casas de saúde, entidades de abrigamento ou congêneres:

Pena – reclusão, de 6 (seis) meses a 3 (três) anos, e multa.

Parágrafo único. Na mesma pena incorre quem não prover as necessidades básicas de pessoa com deficiência quando obrigado por lei ou mandado.

Art. 91. Reter ou utilizar cartão magnético, qualquer meio eletrônico ou documento de pessoa com deficiência destinados ao recebimento de benefícios, proventos, pensões ou remuneração ou à realização de operações financeiras, com o fim de obter vantagem indevida para si ou para outrem:

Pena – detenção, de 6 (seis) meses a 2 (dois) anos, e multa.

Parágrafo único. Aumenta-se a pena em 1/3 (um terço) se o crime for cometido por tutor ou curador.

Desde 1989 temos a Lei 7853/89, a qual dispõe sobre o apoio às pessoas com deficiência e criminaliza práticas discriminatórias:

Art. 5º O Ministério Público intervirá obrigatoriamente nas ações públicas, coletivas ou individuais, em que se discutam interesses relacionados à deficiência das pessoas.

Art. 8º Constitui crime punível com reclusão de 2 (dois) a 5 (cinco) anos e multa:

I – recusar, cobrar valores adicionais, suspender, procrastinar, cancelar ou fazer cessar inscrição de aluno em estabelecimento de ensino de qualquer curso ou grau, público ou privado, em razão de sua deficiência;

II – obstar inscrição em concurso público ou acesso de alguém a qualquer cargo ou emprego público, em razão de sua deficiência;

III – negar ou obstar emprego, trabalho ou promoção à pessoa em razão de sua deficiência;

IV – recusar, retardar ou dificultar internação ou deixar de prestar assistência médico-hospitalar e ambulatorial à pessoa com deficiência;

V – deixar de cumprir, retardar ou frustrar execução de ordem judicial expedida na ação civil a que alude esta Lei;

VI – recusar, retardar ou omitir dados técnicos indispensáveis à propositura da ação civil pública objeto desta Lei, quando requisitados;

§ 1º Se o crime for praticado contra pessoa com deficiência menor de 18 (dezoito) anos, a pena é agravada em 1/3 (um terço);

§ 2º A pena pela adoção deliberada de critérios subjetivos para indeferimento de inscrição, de aprovação e de cumprimento de estágio probatório em concursos públicos não exclui a responsabilidade patrimonial pessoal do administrador público pelos danos causados;

§ 3º Incorre nas mesmas penas quem impede ou dificulta o ingresso de pessoa com deficiência em planos privados de assistência à saúde, inclusive com cobrança de valores diferenciados;

§ 4º Se o crime for praticado em atendimento de urgência e emergência, a pena é agravada em 1/3 (um terço).

Assim, se a lei existe, *Dura Lex, sed Lex* (A lei é dura, mas é lei) e para todos, principalmente aos que são realmente transtornos às pessoas com TEA, ou seja, os que dificultam matrículas escolares e o acesso da pessoa com TEA em eventos e ambientes públicos, sejam estes culturais ou de lazer, aos preconceituosos, e aos despreparados para serem professores de apoio ou monitor de pessoa com deficiência.

10.6 Dia Mundial de Conscientização sobre o Autismo

É comum a criança com TEA chegar ao parquinho ou evento recreativo com o pai ou mãe, começar a interagir com seu modo próprio de ser e as caras feias de mães e pais de outras crianças revelarem insatisfação, ou até mesmo atitudes preconceituosas e discriminatórias. Com Lorenzo não foram poucas vezes. Para evitar cenas assim, a Organização das Nações Unidas (ONU), no ano de 2007, definiu o dia 2 de abril, data em que celebro meu aniversário, como Dia Mundial de Conscientização sobre o Autismo. Essa data foi escolhida com o objetivo de levar informação à população e evitar a discriminação e o preconceito contra pessoas humanas com TEA. O autista pode e deve conquistar seu lugar na sociedade, porque eles também têm aptidões e talentos.

Todavia, ser professor ou amigo de pessoa com TEA é uma coisa, ser pai de uma criança, jovem ou adulto com TEA é bem diferente. É cômodo apenas indicar medicamentos e reencontrar a pessoa humana com TEA após três ou seis meses. Daí a urgência de políticas públicas pró-TEA.

11

Lorenzo está no meio de nós

No 1º de abril de 2012, véspera de meu aniversário, Cris, minha esposa, deu a notícia que não era mentira:

— Estou grávida!

Naquele momento, fechou um ciclo de minha vida e começou algo totalmente novo e desafiador... Dizem que não há escola que prepara o ser humano para ser pai ou mãe, eu digo o contrário. Além da escola formal, Paulo Freire disse muito sobre a Escola da Vida, aquela que complementa a escola formal, molda o caráter, capacita na prática. Na escola da vida, até o erro é meio de aprendizado. São as mais diversas experiências que preparam o ser humano para o exercício da cidadania e da ética.

Na manhã do dia 9 de outubro de 2012, talvez seja o segundo dia mais feliz de minha vida. O homem de 42 anos, apreciador de eventos esportivos, filosofia e boêmias, começava a aprender mais sobre o mistério da vida. Eram 11h23 minutos quando a enfermeira trouxe "o menino cabeludo" e o colocou em meus braços:

— Eis teu filho!

Não há emoção maior! Naquele momento entendi a expressão "união hipostática", muito usada na teologia para comunicar a relação amorosa – na dimensão ágape – entre o Pai e o Filho na Santíssima Trindade. "Eu estou no

Pai e o Pai está em Mim" (Evangelho segundo João, 14). E com essas palavras tento definir, ainda hoje, o mistério amoroso e cheio de afeto, existente entre Lorenzo e eu.

O fato de existir o mistério amoroso entre pai e filho, meu ser estava qual turbilhão de sentimentos que vagava da emoção para o medo, dos desejos aos conflitos, da fé para a dúvida e da dúvida para a fé.

O ano de 2013 começou diferente. Tempestades, calor e neve em Blumenau. Foi naquele ano que Lorenzo foi diagnosticado como portador de craniostenose pelo neurologista Vitor Hugo, o médico que sabia ouvir.

Segundo Griesemer (2000), a craniostenose ou craniossinostose é a junção da palavra "crânio" (conjunto de ossos da cabeça) e a palavra sinostose (fusão de dois ossos). O crânio de um bebê é diferente do crânio de um adulto. O bebê nasce com rachaduras (suturas), cuja finalidade é o desenvolvimento cerebral da criança.

A craniostenose acontece quando dois ossos da cabeça do bebê se fundem antes do momento certo, resultando na mudança do formato da cabeça do bebê, podendo comprometer o desenvolvimento cerebral. É uma patologia nada simples.

Por isso, o quanto antes deve ocorrer uma intervenção cirúrgica, procedimento delicado iniciado na manhã do dia 12 de fevereiro de 2013, no Hospital Santa Isabel, em Blumenau (SC). Lorenzo tinha apenas quatro meses de vida.

Quando a porta do elevador que levava até o centro cirúrgico do hospital se fechou, só restou a fé. "O Senhor é meu Pastor [...] Ainda que eu andasse pelo vale da morte, não temeria mal algum [...]" (Livro de Salmo, 23), mas entregar um filho ao desconhecido é diferente. Oferecer um filho ao perigo de morte, é tarefa para Deus. "Deus enviou o seu próprio filho" Deus não aceitou que Abraão sacrificasse seu filho Isaac (Livro de Gênesis, 22), mas aceitou sacrificar seu próprio filho (Evangelho Segundo João, 19). Entregar Lorenzo para uma intervenção cirúrgica foi exigir de mim um sacrifício semelhante ao de Abraão.

Quando Lorenzo saiu do centro cirúrgico e veio para o quarto, senti o que não desejo a nenhum pai ou mãe. Sua cabeça envolvida com faixas, um dreno que eliminava sangramentos pós cirurgia e a cabeça extremamente inchada. Seus olhos não se abriam e os meus eram só lágrimas...

No terceiro dia após a cirurgia, o olho esquerdo do Lorenzo estava se abrindo e comigo a esperança e a fé. Minutos depois, um jovem médico chegou com a enfermeira para tirar o dreno. Peguei Lorenzo no colo e o médico foi aos poucos puxando o dreno. Ainda hoje, quando Lorenzo chora por alguma coisa, retomo a cena da retirada do dreno. Por diversas noites tive pesadelos com aquele dreno.

Do dia da cirurgia até a retirada dos 23 pontos da cabeça do Lorenzo foram sete dias e sete noites sem dormir. Havia muito tempo que eu não sabia o que era chorar. Nada mais me interessava a não ser a contemplação de um sorriso possível do Lorenzo.

Veio o quarto dia, Lorenzo recebeu alta médica e continuamos fazendo os curativos necessários em casa. Seus olhos se abriram totalmente no sétimo dia e contemplei o ressuscitado Lorenzo entre nós. Foi o dia mais feliz de minha vida. Ele vive! A vida venceu a morte!

12

O pequeno príncipe sem botas

Quando Lorenzo completou seu primeiro ano de vida, fizemos uma grande festa com o tema Pequeno Príncipe. Os convidados chegaram com seus presentes e Lorenzo queria apenas o colo da mãe ou do pai. Aceitou a roupa do Pequeno Príncipe, mas não foi a mesma coisa com as botas. Sapatos sempre foram incômodos. Seu formato de pé cavo, sua pele morena, seu olhar e dedos tortos constituem a prova mais pura do mistério da reprodução genética passada de pai para filho.

Foi em 2014 que Lorenzo conheceu a escola, chamada Jardim Protetor. O uniforme era verde e branco e lembrava as cores do Palmeiras, meu time do coração. Minha esposa e eu gostamos da acolhida da direção e dos professores. Era um dia histórico. Lorenzo engatinhava no estilo das cobras, o que nunca me assustou. Sempre achei que Lorenzo não conseguiria andar, devido à sua forma de engatinhar ou "encobrar". Engatinhar é movimento conforme os gatos e encobrar é movimento conforme as cobras. As cobras se locomovem empurrando as dobras da pele na parte inferior do corpo contra o solo. O corpo move-se em forma de "S", mas algumas cobras grandes movem-se em linha reta.

O movimento do Lorenzo quando bebê era em linha reta. Assim foi, até a surpresa na escola. Em casa, Lorenzo era cobra e na escola era bípede e sempre sem sapatos. Somente no final do ano de 2014 minha esposa e eu descobrimos. E cada dia que se passava, a velocidade e resistência do Lorenzo aumentava. Sempre gostou de correr, desafiar os brinquedos mais altos. Pouco interesse por brinquedos como carrinhos e bonecos, mas uma paixão incondicional pelas letras, números, animais em miniaturas e as músicas infantis. Quer presentear bem o Lorenzo? Dê a ele um alfabeto ou números.

Minha esposa e eu já tínhamos feito o diagnóstico. Lorenzo não era do time dos "perfeitos". Alguma síndrome ou transtorno seria, em breve, confirmado por um médico. Vitor Hugo, o médico que sabia ouvir, já havia feito alguns apontamentos e fez o encaminhamento para uma neuropediatra, que confirmou em laudo: Lorenzo é portador do Transtorno do Espectro Autista nível 2 e/ou moderado.

E o que fazer a não ser simplesmente viver e amar? TEA não é doença, é um "transtorno" para o portador e não pode ser para a família e a sociedade, menos ainda para a escola. Vida nova, com novas experiências.

Após o laudo, meus estudos de filosofia, direito e teologia deram lugar a leituras sobre o Transtorno do Espectro Autista. Fiz uma especialização sobre o assunto e sei que autismo não tem cura, porque não é doença, é um modo de ser. Da mesma forma, há diversos modos de ser e viver em sociedade e o TEA tem o seu jeito próprio de ser. TEA não é falso, ele é o que é. É simples, ignora a moda, o consumo e o poder. Ele vive e convive com quem saber conviver e amar. Com TEA, os pais não precisam ficar procurando saber se o filho está falando verdade ou mentira. No aniversário do TEA, quanto mais simples o presente, melhor será a festa. Pode ser um sorriso sincero. Pessoa humana com TEA vibra com amizade sincera, sorri e se encanta com as coisas mais simples da vida. Pode ser uma flor, uma formiga, uma borboleta ou um leve toque em sua mão.

Toda pessoa humana nasce livre e não nasce pronta. Cada um vai, aos poucos, definindo seu próprio ser. Ninguém é igual a ninguém. Cada um é argila nas mãos da mãe e mestra natureza, ou nas mãos de Deus. No tempo, qual oleiro molda a argila, a natureza se encarrega de dar forma à obra de arte, a que chamamos de pessoa humana.

Lorenzo sempre está em movimento, aprecia correr e nadar. Sua linguagem ocorre através de gestos. Seu mundo é restrito, faz uso da ecolalia na comunicação, sua memória é prodigiosa, não suporta pessoas falsas, é recíproco no afeto, digita ao buscar seus aplicativos preferidos, tem suas músicas preferidas, mas detesta barulho. Percebo que a claridade em excesso e os preconceituosos o incomodam muito. Como diz a música *Sonho de guri*, "saiu igualzinho ao pai".

13

Smartphone com defeito

O primeiro smartphone do Lorenzo foi o meu primeiro Iphone. Seduzido pela banalidade do mercado, esperei pela experiência transcendental passageira de adquirir um Iphone. Para quem viveu a infância com som e imagens de televisão em preto e branco, um celular novo tira até a fome.

Com sua percepção aguçada desde os tempos de bebê, Lorenzo não demorou para perceber a importância da tecnologia na vida humana. Imagens, sons, cores, sensações, etc., tudo em uma pequena caixinha chamada smartphone e/ou nova célula que complementa o ser humano.

Com o celular, Lorenzo revelou seu hiperfoco para letras e jogos de alfabetização. Conheceu a beleza do alfabeto e dos números em língua portuguesa e inglesa, ensinou a todos o repertório da Galinha Pintadinha e do Bob Zoom. Assim, meus clássicos da música e da cinematografia foram substituídos pelas belas canções infantis. Em nossas caminhadas e na piscina sempre cantamos com os olhares surpresos do público.

Sua voz é afinada, a minha nem tanto, mas o suficiente para expressar todas as notas musicais. O smartphone tornou-se o professor preferido de Lorenzo, mas um professor com defeito: celular não tem bateria eterna.

Quando acabava a bateria do Iphone, também era o fim do aparelho. Sua irritação, devido à ansiedade, era inevitável. Não tinha outro lugar para o smartphone a não ser a parede, o chão ou o vaso sanitário. De 2013 até 2019 perdi a conta de quantos smartfones passaram por nossas mãos, mas sei que cada um dos aparelhos acrescentou algo positivo na vida de Lorenzo, da mesma forma que nossos rabiscos na pequena lousa na casa da Vó Sueli e do Vô Celso.

Os smartphones com defeitos também me ensinaram via metodologia pedagógica do Lorenzo, que bens materiais são passageiros. Com isso aprendi que nada nos pertence e perdemos tempo ficando irritados com a quebra de banalidades. Aprendi que o ser humano passa pela história, usa os bens materiais e após o processo em que vai se definhando no tempo, deixa tudo para que outros façam uso. Há pessoas que carregam a eterna dificuldade de aprender que caixão de defunto não tem cofre e que os bens materiais não podem substituir o humano.

Na vida, o que se quebra, ou tem conserto, ou deve ser encaminhado para a reciclagem. Se é possível adquirir um novo ou usado, tudo bem. Não sendo possível, a vida segue. Mas o que jamais deve ocorrer é usar a quebra de um bem material enquanto motivo para um conflito, ou até mesmo para agredir o outro.

Vivemos no tempo de ciborgues que assumem funções que eram exclusivamente de humanos. As grandes transformações permitem falar de mudança global. Diferente das revoluções agrícola e industrial, máquinas inteligentes administram e produzem em maior escala, com maior eficiência e sem exigir direitos trabalhistas. As conexões permitem experiências virtuais, até místicas. O "não conectado" está excluído, por isso a tecnologia é importante, mas tem seu rosto desumano.

Para Habermas (2012), na modernidade ocorreu a afirmação da individualidade. A razão instrumental analítica mostrou seu poder antropocêntrico e destruidor, na quebra de quase todos os ecossistemas e na produção de ideologias totalitárias, rejeitando a razão comunicativa, como deseja Habermas, isto é, aquela que abrange todo espectro de pretensões de validade da verdade proposicional, da veracidade subjetiva e da correção normativa, indo além do âmbito moral e prático. Assim, o humano tornou-se coisa a ponto de ter menos valor que um bem material. Mas com Lorenzo é diferente, a vida pode ser diferente. O afeto, a verdade e a vida sempre são valores insubstituíveis.

14

Escola deve ser ambiente de educadores com educação

As primeiras experiências escolares do Lorenzo não foram nada fáceis. Na pré-escola, Lorenzo encontrou professores que realmente são professores e tudo fluiu muito bem, com rendimento escolar, aprendizado e cultivo de amizades.

No ensino fundamental, novos obstáculos ao se deparar com a incompetência pedagógica. Conheceu professores que estão na escola porque não têm competência para fazer outra coisa e menos ainda para serem professores. Não sei se Lorenzo sofreu mais nos procedimentos cirúrgicos necessários nos primeiros meses de vida do que na sua experiência escolar no ensino fundamental.

Devido à incompetência pedagógica vivenciada por Lorenzo na escola regular, minha esposa e eu buscamos ajuda dos especialistas da APAE-Blumenau, onde há uma escola que usufrui da fantástica estrutura didática e pedagógica ali existente, com profissionais habilitados e vocacionados para a arte de educar.

E agora, como um professor partidário da política da inclusão, busco a Associação de Pais e Amigos dos Excepcionais – APAE?

Sei que a inclusão é direito, mas entre o direito e o mundo da vida, há um abismo. Entre real e ideal, há discrepâncias. A inclusão depende mais da ética do que da lei. Há muitas escolas com Jesus, Nossa Senhora ou outra personalidade religiosa em seus nomes, mas as atitudes são diabólicas, são excludentes, sem qualquer escrúpulo. O aluno é cliente, e cliente "perfeito". O diferente, aquele que não segue a "boiada" não pode seguir a mesma estrada.

A tentativa de matricular Lorenzo em escolas particulares foram várias. Buscar informações sobre colégios, analisar a estrutura e o suporte pedagógico etc. E, a pior das falas: "está agendada uma entrevista". Em todas as entrevistas em escolas particulares o olhar das entrevistadoras e suas falas sempre tinham contrastes. Quando havia o uso do termo "autista", antes de qualquer entrevista em escolas particulares, a resposta sempre foi a mesma: "Não há vagas". Mas quero acreditar que não são todas!

Destarte, não restou alternativas, depois de tantos "NÃOs" de escolas particulares e despreparo de escolas públicas. A acolhida da APAE foi cativante. Lorenzo, devido à percepção aguçada, sempre se distanciou de pessoas falsas. Para Lorenzo, o tom de voz, as atitudes e o olhar devem estar conectados ao coração. Quer a amizade do Lorenzo? Então não seja artificial.

A APAE tem sido um novo útero para Lorenzo, que vem possibilitando progressos em seu processo de ensino e aprendizagem para o acontecer da autonomia possível.

Pais não são eternos, daí a necessidade de pais responsáveis que assumam o desafio de ser pai e mãe de autista, abraçando a causa, sem justificativas. Daí a necessidade do diálogo e maturidade de pai e mãe de um TEA, sem medo de romper com sonhos e projetos para o acontecer da evolução do próprio filho TEA.

Alguns podem acolher essas palavras como desabafo, mas aqui apenas faço a apologia da evolução humana. E a evolução do Lorenzo e de tantas outras pessoas humanas com TEA confirma a tese que o TEA não é estático, pode progredir e/ou evoluir para um determinado grau de autonomia.

15

Os seresteiros da noite

De 2014 até 2019 perdi a conta de quantas madrugadas, Lorenzo e eu passamos acordados vivendo no estilo das aranhas que o Willian me ensinou no Colégio BJ, em Itajaí (SC). Lorenzo dormia entre 20 e 21 horas e acordava entre 2 e 3 da madrugada e bem disposto para correr, brincar e ouvir a coletânea musical da Galinha Pintadinha e do Bob Zoom.

Como ficam os pais inseridos na vida social exigente? Horário para estar em casa e horário para chegar ao trabalho. Como lecionar na universidade, principalmente, com sono e o sistema psíquico abalado? Como pesquisar e ler com sono? Como morar em apartamento, sendo que Lorenzo tem prazer em correr e pular? Quem deve alterar a rotina a não ser os pais?

Em situações como essa, o amor entre pai e mãe deve ser mais ágape do que *eros* e *filia*. O *eros*, o amor esponsal existente entre casais, pode até ser passageiro. O amor *filia*, a arte da amizade, pode até acabar, mas o amor na dimensão ágape é transcendente e perene, está além do que a razão pode captar. É o amor divino e/ou um sentimento tão profundo, pelo qual a vida do outro passa a ser sempre prioridade. Assim, pais ou mães egoístas, sem o amor ágape, entram em crise quando a pessoa humana com TEA passa a fazer parte da família. E disso resultam pensamentos mais diabólicos, como fugir, deixar tudo ou fazer algo ainda pior. Logo, é o momento de repensar a vida em família, dividindo responsabilidades entre pai e mãe, sem medo de sacrificar rendas, projetos e os mais belos sonhos.

Nas madrugadas, enquanto seresteiros da noite, cantávamos todo o repertório musical do Lorenzo e brincávamos com o mundo mágico das letras. Foram seis anos vivendo no estilo das aranhas.

Em 2016, meu humor já não era mais o mesmo. Comecei a perder empregos, rendas, sonhos... Era hora de repensar a vida e fazer escolhas: fugir e mandar um salário mensal para ajuda de custo, como fazem os hipócritas, ou ficar e amar?

Devido à união hipostática existente entre Lorenzo e eu, foi difícil optar. Perdi empregos e oportunidades, abandonei o doutoramento em Ciência Jurídica, perdi rendas, vontades e rompi com sonhos.

Hoje, posso dizer: fomos seresteiros da noite vendo a Lua, estrelas e o alvorecer, às vezes molhados com os pingos da chuva, o sereno da madrugada, ou por alguma lágrima, mas a vida segue, e confesso que já chorei demais e não estou mais na idade de ficar se lamentando pelos cantos da vida. Quero viver o pouco que resta de meu ser de forma diferente. Chega dos bailes da vida e das noites sem rumo, porque tenho consciência que meus olhos não brilham ou choram apenas pelo Lorenzo.

Dizem que, aos pais, os filhos nunca deixam de ser crianças. E disso não tenho dúvidas. Luiza, a fofa Lulu, já tinha 15 anos, e a Letícia, a Lelê, minha eterna neném, já tinha 12 anos quando Lorenzo nasceu.

Quando um bebê chega em uma família que já tem filhos, é comum pais despreparados deixarem de lado os filhos mais velhos para concederem exclusividade carinho, proteção e afeto apenas ao caçula. Talvez seja o maior erro dos pais, e a causa principal de filhos problemáticos. Por isso, ainda hoje preservo o hábito de dialogar ou contar até piadas repetidas, porque sei que Lulu e Lelê irão replicar, e, da réplica, sempre vem a tréplica e/ou diálogo.

Lulu e Lele, além da beleza interna e externa, sempre foram próximas e afetuosas. Viveram a infância e adolescência, passaram pelo ambiente escolar na mais perfeita normalidade. Foram crianças e brincaram como crianças, incluindo muitas travessuras de crianças. Foram adolescentes, viveram como adolescentes e sempre foram motivos de preocupação, mas também de orgulho.

Foi a Lulu que escolheu o nome do Lorenzo. Sempre foi de tomar a iniciativa em tudo. Viveu a anomia, enfrentou a fase da heteronomia para viver com autonomia. Sempre foi livre para voar, sonhar e levantar voo rumo à realização de seus sonhos. Como qualquer adolescente, vivenciou seus momentos de crises, riu quando era para rir, conheceu o veneno de cobras, experimentou o amor e chorou quando foi preciso.

Adolescente aprecia festa e não há transcendência melhor que uma boa madrugada com o grupo de iguais. Foi em 2010 a primeira vez que Lulu foi para uma balada pueril. Ela tinha seus 12 anos. Fui levá-la e, conforme o combinado, às duas horas da madruga lá estava eu na Alameda Rio Branco, esperando por ela, linda e meiga como sempre.

Ainda tenho viva na memória a cena do celular apreendido na Escola por quebrar a regra sobre o uso de celulares em sala de aula. Ela já estava no ensino médio. Na época, eu lecionava na Universidade de Blumenau, e, no mesmo prédio, funcionava a Escola de Ensino Médio. Ao chegar na secretaria, lá estava a diretora, pronta para expressar um sermão devido ao uso de celular... Segurei as mãos de Lulu, dispensei o sermão, recebemos de volta o celular, agradeci a diretora, e fomos tomar sorvete.

A mãe trabalhava o dia todo e, diariamente, Lulu e Lelê estavam comigo. Logo às 06h30, saíamos para a nossa jornada. Eu dirigindo, Lulu falando como sempre e Lele no banco traseiro do carro, sonolenta, com fone de ouvido e com um humor que apenas eu entendia. Deixamos Lele no Colégio Sagrada Família, no centro da cidade, e depois, seguimos em direção à Universidade de Blumenau, onde também era o Colégio da Lulu. Seu abraço apertado, seu carinho de filha e seu sorriso contagiante são inesquecíveis.

Sua relação com o Lorenzo foi sempre carinhosa. Acolheu e conviveu com o irmão da forma mais natural possível. Nunca reclamou dos gritos do Lorenzo e de nossas aventuras de aranhas nas madrugadas. Sempre que possível, brincava com o Lorenzo. Ambos procuravam um ao outro e sempre foram duas crianças próximas e afetuosas.

Lulu, além de sua habilidade com a música e gosto pela viola clássica, sempre gostou de conversar e debater comigo sobre os mais complexos assuntos. Fosse sobre política, religião, gênero, filosofia, direito etc... o debate sempre era concluído com o meu silêncio para não "ferver os neurônios". Mas o tempo passou; seguindo meus passos, optou pelos estudos do Direito. Projetou ingressar na Universidade Federal de Santa Catarina. Lá, cursou Direito e optou pela advocacia, fazendo o meu caminho inverso. De São Paulo, migrei para Blumenau, e Lulu, após formada, passou a viver na Terra da Garoa.

Lelê é muito diferente da Lulu. Seu lugar preferido é o seu quarto. Dizem que sou seu protetor exagerado, e concordo com tudo o que ela faz. Com Lulu, foram muitos os debates; com Lelê, nenhum. Apesar de muito próximos, Lelê não é muito de abraços e afeto. Gente falsa ou chata ela logo se distancia. Sempre foi de poucos amigos. Lulu sempre foi mais emoção. Em sua festa de 15 anos, conseguiu colocar 78 adolescentes num espaço com limite para 25 pessoas. Haja emoção!

Lelê sempre foi mais razão. Fala pouco, mas seu inglês é fluente, e escreve com maestria. Fiquei surpreso em um final de semana de dezembro de 2019, quando ela deu a notícia que faria uma viagem sozinha para São Paulo. Não dormi bem naquele final de semana. Com seus 23 anos, ainda está em casa, sempre curtindo seu quarto, seus livros e músicas. E por estar sempre nas redes sociais, optou pela graduação em Publicidade e Propaganda, de onde vem sua realização e alegria.

Sua relação com o Lorenzo foi sempre carinhosa. Acolheu e conviveu com o irmão da forma mais natural possível. Nunca reclamou dos gritos do Lorenzo e de nossas aventuras de aranhas nas madrugadas. Sempre que possível, ainda brinca com ele. Ambos procuram um ao outro e são duas crianças próximas e afetuosas. Mas a alegria maior do Lorenzo é quando Lelê chega em casa após passar no mercado. Nas sacolas nas mãos de Lelê, sempre tem um presentinho especial e com muito carinho. Sem falar, expressa seu amor pelo Lorenzo.

16

Como pode um peixe vivo viver fora da piscina?

Em 2019, assisti ao filme *O Contador*, o qual apresenta uma pessoa humana com TEA e me chamou a atenção as atividades físicas que o personagem realizava. O filme faz um desafio nada fácil aos pais com filho portador do Transtorno do Espectro Autista: se o barulho, a luz e o preconceito atrapalham a vida da pessoa humana com TEA, é isso que o autista deve enfrentar. Por isso a importância da eficácia da lei e das políticas públicas pró-TEA.

No final do filme veio a ideia de descobrir as atividades físicas prediletas do Lorenzo, que seriam também as minhas. Daí veio a iniciação em atividades de caminhadas, corridas e natação, o que passou a ser nossa nova rotina e nosso adeus às madrugadas. Nas caminhadas e corridas pelas ruas de Blumenau, além das cantorias, sempre fazíamos paradas para colher flores. E entre as preferidas do Lorenzo estão as margaridas brancas de Helena.

Dos meus 79 quilos ficaram apenas 65. Lorenzo ainda dorme entre 20 e 21 horas, mas minha esposa e eu temos dificuldades em acordá-lo para ir à Escola\APAE. Na nova rotina diária está um excelente clube com atividades diversas e com profissionais gabaritados. E quando digo gabaritados acrescento a recepção, atenção e carinho das professoras de natação com Lorenzo durante as aulas.

Nas segundas-feiras, após o almoço, ele toma a iniciativa de pegar mochila, sunga e toalha para a aula de natação, independente do calor ou frio. Lorenzo aprecia água desde os dois anos de idade. Apresenta hiperfoco com a natação, tem seus aplicativos prediletos e uma percepção fabulosa para identificar pessoas falsas.

Lorenzo fez uso de três medicamentos para controlar comorbidades: Respiridona, Ritalina e Neosine. Da primeira, as reações foram adversas, como fome insaciável, irritação extrema e disposição para brincar entre 2 e 3 horas da madrugada. Da segunda, usufruiu apenas uma cápsula. Suas reações foram: irritação extrema e choro.

Atualmente, ele faz uso apenas do Neosine (Cloridrato de Levomepromazina 40 mg/ml), o qual deve ser apenas utilizado sob prescrição médica. Segundo a bula do medicamento, sua ação ocorre no Sistema Nervoso Central por ter propriedade antidopaminérgica. A ação esperada é a melhora dos quadros mentais, a exemplo do alívio do delírio, da agitação, inquietação e confusão mental. Com esse medicamento, aliado às atividades físicas no clube, atividades pedagógicas, o carinho dos profissionais da Escola/APAE e em casa tem feito muitos progressos. E a vida segue e a cada obstáculo superado, um motivo a mais para celebrar a arte de ser e viver.

Quanto à possibilidade de curar o autismo, todo cuidado é pouco. Primeiro, porque autismo é transtorno no desenvolvimento, e não uma enfermidade. Segundo, porque, infelizmente, não é difícil de encontrar charlatões prometendo eventuais "curas". Entre as supostas curas ou falsas terapias, estão aquelas mencionadas por Steve Silberman, o qual, em 2016, com sua obra *NeuroTribos: O Legado do Autismo e o Futuro da Neurodiversidade*[1], traduzida para a Língua Portuguesa em 2018, deu uma grande contribuição ao debate sobre o autismo de forma inovadora. No livro, o autor revela uma sucessão de fatos que levaram ao aumento de diagnósticos de casos a partir de 1990. Ele descreve como os pais desesperados foram iludidos por oportunistas que apresentaram falsas curas miraculosas. Entre essas falsas curas, estão:

a) Terapia MMS

A sigla vem do inglês *Mineral Miracle Solution* (Solução Mineral Milagrosa). É uma substância comercializada como suposto medicamento que possui uma composição parecida com a água sanitária. Infelizmente, essa substância se tornou popular entre os familiares de pessoas com autismo. Alguns pais e cuidadores acreditam que as crianças poderiam ser curadas ao ingerir a MMS. No Brasil, a Agência Nacional de Vigilância Sanitária (Anvisa) proibiu a venda do produto.

b) Terapia da Câmara Hiperbárica

Na terapia, a Pessoa Humana deve respirar oxigênio em uma câmara pressurizada e com a intenção de melhorar os sintomas do autismo. É um recurso de alto custo sem qualquer comprovação científica.

c) Terapia da Quelação

Fazendo uso de um coquetel de supostos medicamentos, propaga a possibilidade de remover metais tóxicos, os quais supostamente seriam a causa do autismo. Esses podem ser encontrados em várias formas: sprays, supositórios, cápsulas, gotas e banhos de argila.

[1] Tradução do título original *NeuroTribes: The Legacy of Autism and the Future of Neurodiversity*.

d) Terapia do Ômega 3

Nesta, supõe-se que o ômega 3 contribui com o funcionamento do cérebro e reduz o déficit de linguagem em autistas. No entanto, não há nenhum fundamento.

e) Terapia de Intervenções na Dieta

Trata-se da exclusão do glúten (presente nos cereais) ou da caseína (proteína do leite) da alimentação da pessoa autista. Não há evidências científicas que associam o glúten e a caseína ao autismo. Nem é possível afirmar que a dieta do autista deve ser alterada, somente em casos de alergias ou intolerância.

f) Terapia da CEASE

Expressa que, nas vacinas, está a causa do autismo. Além de propagar o negacionismo às vacinas, faz uso de suplementos nutricionais em excesso, podendo ser extremamente prejudicial à saúde da Pessoa Humana com TEA.

g) Terapia com ozônio

Além de ser uma prática desaconselhada pelo Conselho Federal de Medicina, trata-se de aplicação do ozônio no reto da pessoa, cuja intenção é desintoxicar, mas esse tipo de falsa terapia nada mais é do que um acréscimo ao sofrimento da Pessoa Humana com TEA.

h) Terapia com aromas

É a terapia que indica óleo de cedro, óleo de lavanda e outros para acalmar o autista. Sendo que o autista tem hipersensibilidade com cheiro, qual é a lógica dessa terapia a não ser apenas a exploração econômica de pais em desespero?

Todavia, autistas são Pessoas Humanas com hiperfoco para coisas que nem sempre os "perfeitos" acolhem como importantes. E muitas dessas são verdadeiramente terapêuticas. E por falar nisso, tenho na memória o dia do bate bato do Lorenzo com a margarida branca e a borboleta azul.

Foi em uma manhã de primavera do ano de 2015. Lorenzo e eu estávamos no Parque Ramiro Rideger, em Blumenau. Desde quando meu filho tinha 1 ano e 6 meses, frequentamos aquele local. Além do ar puro, um ambiente amplo com quadras, pistas de atletismo, *playground*, lagoa etc.

Nas caminhadas no parque, ao som da Galinha Pitadinha, Lorenzo, em meus ombros, focava seu olhar nos canteiros com rosas, cravos, gramas e outras espécies que não consigo definir. Entre tantas espécies e cores, Lorenzo avistou uma única margarida branca. Movimentou o corpo e gesticulou em direção a ela.

Após descer dos ombros, colheu a flor, tirou as pétalas e logo sobrevoou uma bela borboleta azul. Harmonia perfeita entre humano, fauna e flora. Foi um dos mais belos diálogos que tive com meu filho e seus primeiros amigos, a margarida branca e a borboleta azul. Naquela oportunidade, aprendi que o tempo passa rápido quando aproveitamos o tempo para as coisas boas e essenciais que o tempo e a vida tem. E foi gratuito!

Em meio ao diálogo com Lorenzo, a margarida branca e a borboleta azul, fomos interpelados por um jovem com olhos avermelhados, cabelos longos, tênis Nike, traje esportivo adidas, Iphone na mão e cheirando a Cannabis:

– Seu filho é normal?

Confesso que essa pergunta sempre me incomodava, mas, hoje, nem tanto. A partir daquele dia no parque, fiz diversas reflexões sobre a normalidade. Normal é alguém bem sucedido e egoísta, o qual passa a vida realizando cálculos para saber se ganhou ou perdeu, sem qualquer compromisso com o próximo? Normal é tomar remédio para dormir e outro para ficar acordado? Normal é alguém fedendo a Cannabis? Normal é o possuidor de muitos bens via sonegação fiscal?

É sabido que o autista tem dificuldades na interação social, o que é normal em mim. No entanto, entre interagir com um imbecil, prefiro interagir com um autista, uma flor ou uma borboleta. Escolas, forças armadas, empresas e, até, igrejas apreciam os "normais" e/ou "perfeitos".

Os processos seletivos de empresas, escolas particulares, os vestibulares nas universidades e as igrejas, quando selecionam candidatos aos cargos de lideranças e os concursos públicos, principalmente os que conferem altos salários, buscam nada mais, nada menos, que "os perfeitos" ou "normais".

Em contrapartida, são dessas instituições que selecionam os "normais" que surgem os grandes escândalos, a exemplo da pedofilia existente no clero católico, escândalos financeiros em empresas e igrejas, a corrupção e a violência policial. Dentre os "normais", estão os grandes problemas sociais. São "normais" os políticos sedentos por poder, que desviam bilhões dos cofres públicos? São os "normais" que queimam florestas, traficam drogas, alimentam o comércio de armas de fogo, sonegam impostos e causam guerras?

Autistas não vivem na onda da moda e não são sedentos por poder. Ganância e mentira não fazem parte do vocabulário das Pessoas Humanas com TEA. São pessoas muito simples que apenas deixam o tempo passar, aproveitam do que a natureza oferece e sabem contemplar plantas, animais grandes ou pequenos, sentem-se bem com o sol, a chuva, o frio e o vento. Ainda, agradecem, de seu jeito, a oportunidade de fazerem amigos, mesmo que seja uma flor, um passarinho, uma aranha ou uma borboleta.

O índice de autistas no mundo vem aumentando, seria isso para o acontecer de um mundo mais humano, mais puro, no qual humano e natureza fazem as pazes para que a paz aconteça? É um contra-ataque da Mãe Natureza, via genética, para recuperar o que estava quase perdido?

Considerações finais

Na cinematografia e na mídia é comum a apresentação das pessoas humanas com TEA como "gênios". Não são sempre gênios! Cansei de notícias: "Autista é o primeiro no vestibular de medicina", "Autista monta quebra-cabeças de mil peças", "Autista vence torneio de xadrez"... O *Good Doctor* deveria ser tirado do ar, considerando que mais atrapalha do que ajuda.

Ao destacar o autista "gênio", joga-se mais estigma e mais carga preconceituosa sobre aquele que não tem a mesma habilidade. Ninguém é igual, nem todos têm as mesmas habilidades, seja a pessoa portadora de TEA ou não. Nem todos os meninos, que gostam de futebol, serão Messi. Nem todo físico será Albert Einstein. Nem todo professor de Filosofia será Habermas, e nem toda cozinheira será igual à Véia Bruxa do Colégio Nestor Fogaça.

É absurda a exigência que pais e sociedade exercem sobre as crianças. Exigem nada mais e nada menos que a "perfeição". Perfeitos são os deuses! Exigir perfeição de um ser humano é tentar resolver frustrações ou tentar corrigir a própria incompetência. O que melhor se adequa ao momento em que vivemos é o exercício da alteridade e/ou ver e coexistir com o diferente sem qualquer preconceito.

Segundo Levinas (2008), quando o outro é percebido como alteridade torna-se absolutamente outro, transcendente e incontornável, fonte de experiências e possibilidades para interagir e aprender com o diferente. Ainda, para ele, uma ética da responsabilidade pelo outro nos remete aos desafios que estamos vivendo na sociedade contemporânea, cuja necessidade é se desprender do absurdo da manipulação do outro e da lógica da competição indiscriminada que não leva para lugar algum, a não ser para a ampliação de todas as formas de preconceitos.

Assim, ou ampliamos o olhar humano em direção ao próprio humano ou o retrocesso histórico é inevitável, podendo esquecer o conceito de evolução da própria espécie.

Obrigado a você que concluiu a leitura, obrigado ó Deus, bem conhecido pela presença e pelo Lorenzo, um presente em minha vida. E antes de seguir a vida e lançar o meu olhar para adiante, uma vez mais, elevo, na solidão, minhas mãos a Ti. Das profundezas de meu coração, tenho dedicado canções e louvores para que, em cada momento, Tua voz me pudesse dizer "siga em frente"... Quero Te conhecer ainda mais, mistério encantador, que me penetras a alma e, qual energia revigoradora, invades a minha vida. Tu, tão distante e tão próximo, Glória a Ti, meu Pai, a Ti, meu Filho, ao Espírito, que sempre vem em auxílio de minhas fraquezas, e às Mães Amorosas que gestaram a vida mais pura, aos chamados de AUTISTAS.

Referências

ALMEIDA, M. S. C. Classificação Internacional de Doenças – 11ª Revisão: da concepção à Implementação. **Revista de Saúde Pública**, São Paulo, v. 54, 2020.

AMERICAN PSYCHIATRIC ASSOCIATION. DSM-V. **Manual de Diagnóstico e Estatístico de Transtornos Mentais**. Tradução: Aristides Volpato Cordioli. Editora Artimed, Porto Alegre: 2014.

BÍBLIA DE JERUSALÉM. São Paulo: Paulinas, 1985.

ORGANIZAÇÃO MUNDIAL DA SAÚDE (OMS). **Classificação Internacional de Doenças – 11ª Revisão**. Disponível em: https://icd.who.int/en. Acesso em: 10 jan. 2022.

CARMO, E. S.; BOER, N. **Aprendizagem e Desenvolvimento na perspectiva interacionista de Piaget, Vygotsky e Wallon**. XVI Jornada Nacional de Educação. Centro Universitário Franciscano (UNIFRA). Santa Maria: 2012. Disponível em: http://jne.unifra.br/artigos/4742.pdf.

CUNHA, E. **Autismo e Inclusão**: psicopedagogia e práticas educativas na escola e na família. 6. ed. Rio de Janeiro: Wark Ed, 2015.

GARDNER, H. **Inteligências Múltiplas. A Teoria na Prática**. São Paulo: Penso, 1995.

GAUDERE, C. **Autismo e Outros Atrasos no Desenvolvimento:** guia prático para pais e profissionais. Rio de Janeiro: Livraria e Editora Revinter, 1997.

GRIESEMER, D. A. Craniosynostosis. *In*: **Neurobase Medlink**. 2. Ed. New York: Arbor, 2000.

HABERMAS, J. **Teoria do Agir Comunicativo:** Racionalidade da Ação e Racionalização Social. São Paulo: Martins Fontes, 2012. v. 1.

HABERMAS, J. **Teoria do Agir Comunicativo:** Racionalidade da Ação e Racionalização Social. São Paulo: Martins Fontes, 2012. v. 2.

LAKOMY, A. M. **Teorias Cognitivas da Aprendizagem**. Curitiba: Editora IBPEX, 2008.

LEBOYER, M. **Autismo Infantil:** Fatos e Modelos. Campinas: Editora Papirus, 1995.

LEVINAS, E. **Ética e Infinito**. Lisboa: Edições 70, 2010.

NEVES, M. **Entre Têmis e Leviatã:** uma relação difícil. São Paulo: Martins fontes, 2008.

PIANA, B. **Mãe de Autista**. Disponível em: https://autismoerealidade.org.br. Acesso em: 2 abr. 2021.

SCHMIDT, C. **Autismo, educação e transdisciplinaridade**. Campinas: Papirus, 2013.

RUSSO, F. **Plasticidade Cerebral e Poda Neural:** compreenda a conexão com o TEA. Disponível em: neuroconecta.com.br. Acesso em: 30 nov. 2021.

SARTE, J. P. **O ser e o nada:** ensaio de ontologia fenomenológica. Tradução: Paulo Perdigão. 13. ed. Petrópolis: Vozes, 2005.

SILVA, M.; Mulick, J. A. Diagnosticando o transtorno autista: aspectos fundamentais e considerações práticas. **Psicologia:** Ciência e Profissão [on-line], 2009, v. 29, n. 1, p. 116-131.

SILBERMAN, S. **NeuroTribos:** O Legado do Autismo e o Futuro da Neurodiversidade. Tradução do título original "NeuroTribes:

The Legacy of Autism and the Future of Neurodiversity". Lisboa: LTM Press, 2018.